UND DAZWISCHEN NICHTS

MATHIEU RIBOULET

Und dazwischen nichts

Aus dem Französischen
von Karin Uttendörfer

Matthes & Seitz Berlin

»Diejenigen,
welche die schlimmsten Verbrechen überleben,
sind zur Wiedergutmachung verurteilt.«

SAINT-JUST

I

Wir wollen nicht wie in Polen leben 1972

Wir sind auf den fahrenden Zug aufgesprungen, ich wie die anderen. Was mich angeht, soweit ich es heute beurteilen kann, 1972, zwischen der Ermordung Pierre Overneys und einer Polenreise, die ich mit meinen Eltern unternahm und die ihren Abschluss mit dem Olympia-Attentat von München fand. Und ich bin wahrscheinlich Anfang der neunziger Jahre, zu Beginn der Massaker in Jugoslawien, wieder abgesprungen. Man kann nicht immer dem Takt der Welt folgen. Ich schreibe hiermit diese Elemente einer persönlichen Chronologie ein, ich stecke sie mit den Daten der historischen Chronologie ab, von der wir alle mehr oder weniger anerkennen, dass sie eine bestimmte Aufeinanderfolge der Fakten wiedergibt, eine Weltordnung, um die herum wir versuchen, ein wenig eigenes Denken anzuordnen. Doch natürlich sind diese Chronologien Fiktionen.

Denn es beginnt immer schon vorher, und am Ende fehlt immer etwas. Es tritt gegen 1871 aus dem Nebel hervor, es verlässt die Bücher, es schreibt sich in die geerbten Körper ein, es kommt ins Bewusstsein, es arbeitet, und dann flaut es ab und verschwindet, und was von unserer Geschichte fortgesetzt wird und was nicht, werden wir niemals erfahren. Es ist komplex, manchmal verdreht, häufig verworren, doch an welchem Faden ich auch ziehe, immer hängt das ganze europäische Knäuel daran. Daraus bin ich gemacht, in mir nimmt die Geschichte Gestalt an, von meinem Körper ergreift sie Besitz. Und so sterben wir manchmal auf der Straße, wie Hunde, wo doch Frieden herrscht. *Benno Ohnesorg siebenundzwanzig Jahre alt.* Wenn wir in der Undurchdringlichkeit Afrikas sterben, auf im Chinesischen Meer umhertreibenden birmanischen Nussschalen oder in der eisigen Hölle Magadans, sterben wir Menschen nicht wie Hunde, wir sind Hunde und als solche sterben wir. Sterben wir hingegen da, wo der westliche Geist sein Gravitationszentrum festgemacht hat und der ganzen Welt seinen Takt aufzwingt, sterben wir wie Hunde, weil wir Menschen sind und Menschen nicht abgeknallt wie Hunde auf der Straße, sondern mit geöffneten Händen in ihrem Bett sterben. Die Stunden schlagen nicht für alle gleich, die Chronologie ist eine Fiktion. *Ein Schuss aus nächster Nähe auf offener Straße.*

Vor 1871 ist Geschichte für mich die Geschichte in Büchern, Romane Epen Berichte Roncevaux Michelet Die Fronde Chateaubriand 89 Stendhal, 1871 dann verlässt es die Bücher, um sich in den Körper meiner Urgroßmutter zu schreiben, die, als sie mich vierundneunzig Jahre später auf ihrem Schoss hält, mir den Geist einhaucht, den sie gleich nach Sedan und dem Massaker an den Kommunarden geatmet hat. Auf einmal ist es nicht mehr die in den Büchern zur Erhellung des Verstandes erzählte

Fiktion, sondern jene, die im stärksten Brechreiz aus meinen Eingeweiden quillt, es ist die schwarze Wollhaube der Ahnin, ihre Halbfingerhandschuhe, ihr Häkelzeug, ihre Baumwollknäuel, der Handarbeitskorb und die köchelnde Suppe, das schmale Haus inmitten eines einsamen Landstrichs, wo es nichts gibt als Arbeit, ein geduldiges Leben, das beunruhigende Grollen der Geschichte weit in der Ferne und vor einem der hohle und häufig harte Weg bis zum Tod. Auf den man manchmal so lange warten muss, dass man sich vergessen glaubt und dass man bei der Idee, verweilen zu müssen, erzittert: Verweilen wofür und warum nicht lieber sterben, wofür noch weitere Tage und weiteres Arbeiten, wenn so viele in den Straßen sterben? *Benno Ohnesorg am 2. Juni 1967 wie ein Hund.*

Es verlässt die Bücher und es dringt in den Körper ein, und um Frieden zu finden, muss es wieder in die Bücher zurück, deshalb schreibt man. Es müsste wieder raus aus dem Körper, man hätte ihn lieber etwas leerer, um Raum für das zu haben, was man mag, für die, die man begehrt, um sich in ihm zu Hause zu fühlen, ehe man ihn lassen muss, und das kommt schneller, als man denkt. Wo werden unsere Tränen sein, während unsere Gebeine verwesen? Uns in unserem Körper wie zu Hause zu fühlen und sagen zu können: Ich gebe ihn hin für Gott, die Revolution, die Liebe, den Sex, die Droge, das Denken. Lange ist man dazu nicht in der Lage, denn man findet ein mit Dreck besudeltes Gelände vor: die unbeglichenen Rechnungen der Vorfahren, die ungedachten Zusammenhänge der Geschichte, die Tücken der Krankheit, die Schatten der Toten, und über lange Jahre hinweg erstarrt man denkt man predigt sucht beißt die Zähne zusammen bricht in Tränen aus anstatt loszulegen loszurennen Lust zu empfinden Lust zu bereiten zu taumeln. Umgemäht wie Hunde, ehe man Frieden findet.

Da, wo der westliche Hochmut meint, die Dinge würden sich ordnen, wähnen wir uns seit dem 8. Mai 1945 in Sicherheit, nach einunddreißig Jahren Krieg und Millionen von Toten, bei denen man sich doch fragt, wohin all diese Körper verschwunden sind. *Durch eine von einem Angehörigen der Polizeikräfte der Bundesrepublik Deutschland in Zivil aus nächster Nähe abgefeuerte Kugel.* Wir versuchen wie Menschen zu denken, doch es geschieht immer noch, dass man uns abknallt wie Hunde, denn unter den Menschen gibt es immer welche, die sich den Hunden überlegen fühlen.

1972 bin ich zwölf Jahre alt, ich spüre alles, ohne etwas zu verstehen, ich spüre und sehe alles, aber alles fehlt mir, und ich sehe nichts. So prägt sich das Prägende besonders tief ein, und ich weiß von nun an, dass sich dort, in der

Kindheit, schon alles entschieden hat: das Schreiben die Politik die Geschichte der Sex und die Sprache, die dem Körper übergeben wird, weil die Seele sich nicht rührt, schreckensstarr ist vom Ausmaß der Katastrophe, den beschränkten Möglichkeiten und ertränkt im Gefühl. Ich weiß, dass alles umsonst ist, und dennoch sterbe ich nicht, dafür bin ich nicht alt genug, und es herrscht wieder Frieden. Überall sterben die Menschen wie Hunde, ich weiß noch nichts davon, doch am 25. Februar ebendieses Jahres wird in unserem in Frieden lebenden Land ein Mann drei Busstationen von meinem Haus entfernt aus allernächster Nähe wie ein Hund, sein Tod dringt in unser Haus ein, herbeigetragen von Freunden, Nachbarn, dem damaligen Bewusstsein, eine Gemeinschaft zu bilden, ich eine Quantité négligeable und zu meinen Füßen oder beinahe *Pierre Overney dreiundzwanzig Jahre abgeknallt von einem Angehörigen der privaten Werkspolizei der Renaultwerke in Zivil.*

1978 gehe ich nach Italien, ich bin achtzehn, das ist von 1972 nur einen Steinwurf entfernt, aber inzwischen weiß ich, dass das Schreiben die Politik die Geschichte der Sex für mich bestimmt sind, sie gehören mir sie sind mein Ding ich bin am Zuge, ich möchte losrennen loslegen, vielleicht taumeln, vor allem Lust empfinden und Lust bereiten. Die Politik, das wird gewiss nicht die Revolution sein, die meine älteren Geschwister noch versucht haben hochzuhalten, denn der Zeitpunkt ist vorbei. Die Revolution, das wird der Sex sein, Lust zu empfinden und Männern Lust zu bereiten, ich habe drei Jahre vor mir, wir haben drei Jahre vor uns. In drei Jahren wird uns eine Epidemie ummähen wie Hunde, der Feind wird ein anderes Gesicht haben. Und zur Stunde in Rom, *aus nächster Nähe in einer Garage Aldo Moro zweiundsechzig Jahre abgeknallt wie ein Hund von Männern der Roten Brigaden in der Uniform der revolutionären Kräfte*, und ich, nur achthundert Meter von dort entfernt am 9. Mai 1978 in einem Park gegen eine Pinie gelehnt, knie mich vor den harten, borstigen Massimo hin, der sich in meinen Mund bohrt, *und Pasolini dreiundfünfzig Jahre dreitausend Tage und dreißig Kilometer von hier entfernt niedergeprügelt wie ein Hund vielleicht noch ehe er sich seinem oder seinen Mördern ergeben konnte*, allerorten die den Fußtritten der Knechte dargebotenen Rippen der Hunde.

Als wir die Welt entdeckten, haben wir sie in dieser Ordnung vorgefunden, aber wir konnten nichts tun, trotz all dem, was unsere Körper seit mehr als hundert Jahren in Aufruhr versetzte, und trotz jener Älteren, denen wir gerne gefolgt wären, die sich aber im Kreis drehten. *Walter Alasia zwanzig Jahre wie ein Hund von einem Angehörigen der Polizeikräfte der Italienischen Republik in Uniform am 15. Dezember 1976 in einer Straße von Sesto San Giovanni.*

1972 bin ich zwölf, und wir brechen mit dem Auto zu einer Polenreise auf, Was wollt ihr denn um Himmels willen in Polen, wie kommt ihr bloß auf die Idee, hören meine Eltern von allen Seiten, als sie losfahren, mit mir auf der Rückbank, der ich vor Neugierde vergehe bei der Vorstellung, Landesgrenzen zu passieren und mit eigenen Augen zu sehen, wie es dort läuft, denn es scheint anders als bei uns zu sein, was meine Eltern allerdings bezweifeln. Zuerst Berlin, West und Ost, *da, wo Benno Ohnesorg fünf Jahre zuvor*, dann Stettin, Danzig, Białystok, Warschau, Krakau, Oświęcim, *da, wo achtundzwanzig Jahre zuvor*, Prag, Passau, München, *da, wo in wenigen Stunden elf israelische Athleten und die acht Mitglieder des palästinensischen Kommandos, das sie als Geiseln genommen hat, erschossen werden wie Hunde auf der Rollbahn des Flughafens Fürstenfeldbruck, die einen von den Palästinensern, die anderen von der deutschen Polizei, sofern man sich im Kreuzfeuer einer derartigen Schlächterei überhaupt zurechtfinden kann*, zurück in Paris werde ich das erzählen und wie das in einem zwölfjährigen Kopf schallt, der noch nie etwas in seinen Mund genommen hat, wonach dieser aber schon ein verzehrendes Verlangen empfindet. Nach der aufmerksamen Brutalität von Massimos Schwanz auf der sonnigen Südseite des Kontinents, wo man mehr als anderswo auf der Welt stirbt wie ein Hund, und schlimmer: in lauer Luft. Diese Leichtigkeit, mit der man von der dummen, um sich selbst nicht wissenden Kindheit in das Alter gleitet, in dem das Verlangen einen verwüstet, in die Knie zwingt, so schnell geht das. Und haben die Eltern in ihrem Kopf überhaupt das Rüstzeug, den herumtollenden Hosenmatz und den lutschenden Fratz, beide nur durch einen Lufthauch voneinander getrennt, in ihrem Leben unterzubringen? Auch davon werde ich sprechen oder davon zu sprechen versuchen, von allem, was das Schwanzlutschen an Revolutionärem, an Religiösem, Amourösem, Politischem beinhaltet. Selbst wenn es niemand mehr sieht, selbst wenn jeder sich den Anschein gibt, er hielte es für zu abstoßend, für altbacken, überholt, für Sackgassen, Irrungen, Pornographie.

Das haben unsere älteren Geschwister tatsächlich gedacht, manchmal auch das genaue Gegenteil, so viele andere Dinge noch dazu, und ich weigere mich vehement, so zu tun, als wäre nichts geschehen, als ob es zwischen 1967 und 1978 nicht mitten im Herzen eines Europas im Frieden diesen Ausbruch der Gewalt gegeben hätte, der auf den Straßen die Leichen hunderter Männer und Frauen hinterließ, wie Hunde abgeknallt. Ich weiß, das ist nicht Verdun, aber Verdun, das war im Krieg, während in diesem Fall Frieden herrschte, wie Hunde in den Straßen des Friedens, getötet nicht wie Soldaten, sondern wie bösartige Tiere, überall, in Mailand in Hamburg in Paris, sind die Schützengräben wieder zugeschüttet, die Öfen der Krematorien erkalten, alles wächst wieder nach, und doch tötet man in den befriedeten Straßen diese Kinder, denen es die Kehle zuschnürt, die Früchte *dessen* zu sein: Der Krieg abgestempelt und Kurs aufs Vergessen, das sich nun Wohlstand nennt.

Jedem von uns bietet sich die Welt für einen Augenblick an, und dann ist unsere Tour vorbei, man erkennt die Tragweite natürlich erst, lange nachdem es vorbei ist, und man stimmt die Klage von der verlorengegangenen Jugend an. Doch wenn wir unseren Teil dieser Gabe annehmen und wenn andere mit uns im selben Moment ebenfalls zugreifen, dann spricht man im Nachhinein von einer Generation. Einigen Pechvögeln fällt dabei die Aufgabe zu, sich zu vergegenwärtigen, nichts ergriffen zu haben, zu spät gekommen zu sein für dies und zu früh für jenes, für sie ist die Weltzeit eine Zeit des Zweifels, besser noch eine Zeit der Anonymität, in die du versinkst, wenn der Zeitpunkt vorüber ist, oder vielmehr wenn dir nicht bewusst ist, dass alles am seidenen Faden hängt, dass du, während du annimmst, das sei das Leben, die Dauer nur spielst. Mir teilte der übermächtige Zufall der Geburt jene Karten zu, mit denen das Spiel, das auf dem Tisch ausgebreitet lag, als ich die Augen öffnete, weggefegt wurde, während es mir wirklich wichtig gewesen wäre, meine jungen Kräfte dabei einzubringen. Doch es war schon spät, die Welt hatte sich gedreht, es gab nur die Flucht nach vorn. *Pasolini dreiundfünfzig Jahre mein heutiges Alter wie ein Hund krepiert im Sand*: Io sono una forza del passato.

Gestochen scharf mit zwölf das Bewusstsein von allem, aber nichts, um etwas damit anzufangen. 1972 weiß ich, dass es in Frankreich gerade 68 gegeben hat, die Mai-Ereignisse, die sich ausbreitende Fröhlichkeit, daran erinnere ich mich, meine Eltern die Freunde die Nachbarn waren mit von der Partie, doch ich weiß nichts von *Benno Ohnesorg am 2. Juni 1967 mit einer von einem Polizeibeamten in Zivil aus nächster Nähe abgefeuerten Kugel*, ich weiß auch nichts vom *12. Dezember 1969 siebzehn Menschen jeden Alters explodieren in Mailand das Blut das Gehirn die Gedärme vermischt mit dem Wust von Papieren dem Schutt den Trümmern, vermischt mit den Schreien, ein Massaker, auf Italienisch »strage«, wir haben Frieden auch auf der Piazza Fontana*, von alldem weiß ich nichts, meine Eltern wissen es sicher, das wirkt sich aus das wächst das steigert die Wut, die Analysen werden vertieft, die Freude löst sich heraus, der Wohlstand ist ein Kessel und der Friede eine Strategie, die von den Italienern als »Strategie der Spannung« bezeichnet wird, denn unter allen Europäern sind sie es, die diese Strategie am konsequentesten verfolgt haben. Dort unten ist die Luft meist wunderbar mild, der

Krieg jedoch ist wie auf dem gesamten Kontinent eiskalt, und er tobt heftig.

1974 bin ich vierzehn, in einem Bus, der über den Pont de Billancourt fährt und Issy-les-Moulineaux via Île Saint-Germain mit Boulogne-Billancourt verbindet – für die Ortskundigen sei erwähnt, dass es dort ein großes Einkaufszentrum gibt, eine Straßenbahnlinie, funkelnde Bürohäuser, austauschbare Gebäude des Mittelstands und Einfamilienhäuser aus den dreißiger Jahren neu designt à la Starck Bohême, chic nur in dieser Dekade, die uns, obwohl sie nur vierzig Jahre zurückliegt, heute vorsintflutlich vorkommt, auf der einen Seite waren die Wäschereien von Grenelle und kilometerlange Straßen gesäumt von schmutzigen Backsteinmauern, auf der anderen das Renault-Imperium, das sich bis zur Spitze der Île Seguin erstreckte, dazwischen ein volkstümliches Viertel, verbraucht und ziemlich heruntergekommen, *Hütten für die Hunde*, in alldem irrlichtern Arbeitersilhouetten, Migranten, schwarzbraun, bleich, *Hunde, die man mit dem Fuß wegjagt*, Heizer des Systems, das es den Hügeln von Meudon und dem Chic des katholischen Boulogne auf der Waldseite desselben Namens ermöglichte, in schöner Eintracht zu prosperieren –, in einem Bus, der über den Pont de Billancourt fährt, 1974, eines Nachmittags um vier Uhr also bin ich vierzehn Jahre alt, ein etwa dreißigjähriger

Arbeiter, muskulös und müde, zwingt meinen Blick dem seinen zu folgen, hin zu seinem Schritt und zur eindeutigen Wölbung seines einsamen und – wegen mir – aufgereckten Geschlechtsteils, mit der in den Augen verborgenen scheuen Hoffnung, ich würde ihn aus diesem Sekundärzustand, in den ich ihn versetzt hatte, wieder erlösen. Ich steige an derselben Haltestelle aus wie er, folge ihm, er lockt mich zu einem Pissoir in irgendeinem Untergeschoss, doch ich habe noch nicht die notwendige moralische Kraft, die paar Stufen hinter ihm hinunterzusteigen, mich in einem dunklen Winkel vor ihm hinzuknien und ihm einen zu blasen, was seinen Feierabend erleichtern würde, sie leben wie die Hunde, und ich kann nichts tun, weder die Fabriken einschlagen noch die Bosse abknallen, und anstatt seine Nutte zu werden, entflamme ich, ohne mir dessen überhaupt bewusst zu sein, diesen schönen Mann, am Ende seiner Kräfte, das Gehirn betäubt von der Arbeitsnorm, die Muskeln von unnatürlichen Bewegungen verspannt, der Schwanz aufgerichtet vom Elend, *Hunde ohne Frauen, ohne Liebe und ohne Ruhm*, ich lass' ihn so stehen, ohne die Treppe runterzugehen, mit vierzehn sehe ich weiß ich spüre ich, aber ich kann noch nichts tun, es ist noch nicht so weit, doch lange wird es nicht mehr dauern, es ist fast so weit. Sexuelles Bewusstsein und politisches Bewusstsein sind ein und dasselbe, Schwulsein deklassiert dich in null Komma nichts.

Berlin 1972 auf der Durchreise nach Polen, wir bleiben, glaube ich, zwei oder drei Tage, lange genug, um einen Ausflug in den Osten zu machen, wir wohnen in Wilmersdorf, einem phantasielos wiederaufgebauten Westviertel, im Hotel Savigny. Ich erinnere mich noch genau an die Kaiser-Wilhelm-Gedächtniskirche, wahrscheinlich weil sie sehr berühmt ist – Berliner Wahrzeichen, halb neoromanischer Stil des 19. Jahrhunderts, halb Sechziger-Jahre-Modernismus –, und die Narbe einer Ruine in der Stadt faszinierte mich, eine Kriegsruine in einem Land in Frieden. Und nur zwei U-Bahn-Stationen weiter, am Fuß der Deutschen Oper *am 2. Juni 1967 fünf Jahre zuvor Benno Ohnesorg wie ein Hund in einem Hof der Krummen Straße.* An jenem Tag empfing die Bundesrepublik Deutschland mit großem Pomp den Schah von Persien, Mohammed Reza Pahlavi, achtundvierzig Jahre alt, seit 1941 in Teheran an der Macht, den Europas radikale Linke als Knecht der Amerikaner verabscheute, ich höre noch die Eltern die Freunde die Nachbarn die Verbrechen seiner Geheimpolizei und seine Erdölunterwürfigkeit anklagen, von siebenunddreißig Jahren Regierungszeit bleiben ihm noch zwölf und dreizehn von sechzig Lebensjahren, und die deutsche Jugend, inmitten oder auf den Ruinen des zweiundzwanzig Jahre zuvor beendeten Weltkriegs geboren, gedachte, was diesen pompösen Empfang anbelangte – nicht auf die Schnelle zwischen zwei Versammlungen in

Bonn, sondern in Berlin mit Truppenparade und allem Tamtam –, Rechenschaft von ihren Repräsentanten zu verlangen, denn, wie es Ulrike Meinhof prägnant formuliert, ruhig und bestimmt, dreiunddreißig Jahre alt an jenem Tag, die neun Jahre später in ihrer Isolationszelle im Gefängnis Stuttgart-Stammheim erhängt aufgefunden wird: »Da kam heraus, dass man einen Polizeistaatschef nicht empfangen kann, ohne selbst mit dem Polizeistaat zu sympathisieren.« Wir sind Hunde und wir haben Zähne, wir werden euch nicht einen Augenblick in Frieden lassen, denn der Frieden, mit dem ihr ganz Europa zukleistert, ist ein morbider Leim, an dem unsere Erinnerungen klebenbleiben und unsere Körper mit ihnen.

In dieser Geschichte ist von Anfang an alles verloren, ist dies einem Teil in uns selbst bewusst oder glauben wir, was sich da vor uns aufbaut, besiegen zu können? Die Hunde enden tollwütig, inhaftiert, in den Straßen abgeknallt, doch immerhin haben wir euch am Fußknöchel gepackt, euch über zehn Jahre Verfolgung und Treibjagd erzittern lassen, und schließlich wird all das im Wohlstand enden. In der Krummen Straße fängt es an, es ist zwanzig Uhr dreißig und *ihr eröffnet den Ball*, mit einer aus nur eineinhalb Metern abgefeuerten Kugel in das Fleisch Benno Ohnesorgs, pazifistischer Student aus Hannover, verheiratet, bald ein Kind, das er nie sehen wird, abgefeuert von einem Polizeibeamten der Bundesrepublik Deutschland, im aufschäumenden, angespannten Tumult einer Demonstration von Tausenden von Studenten, die ausartet in Provokationen, Gegen-Provokationen, diverse Interventionen, Schlagstöcke berittene Polizei Pfiffe Rauchschwaden, bewaffnete Knechte in Zivil und in Uniform, ihr habt allergrößtes Interesse daran, dass Chaos herrscht und der Schah in Ruhe Mozarts *Zauberflöte* lauschen kann, die hundert Meter von hier entfernt aufgeführt wird, in einem Augenblick wird sich der Gesang der drei »holden, schönen und weisen« Knaben aus dem ersten Akt erheben, seid still, hört zu, im ruhigen Atem der Kindheit öffnet sich ein schmaler Pfad, dem es zu folgen gilt, wenn man sich wie ein Mann verhalten will: *Zum Ziele führt dich diese Bahn / doch mußt du Jüngling! männlich siegen.*

Und ich fünf Jahre später in den Straßen Berlins, ein Kind noch im Schlepptau seiner Eltern, der Rauch und die Schreie Mörder Mörder sind verflogen, aber es gibt überhaupt nichts mehr zu spaßen, aus allen Ecken des Friedens und des Wohlstands wird geschossen, *Thomas Weisbecker dreiundzwanzig Jahre abgeknallt, als er mit der Hand in seine Tasche griff, in der angeblich eine Knarre steckte, Notwehr, wie ein Hund auf der Straße beim Verlassen eines Augsburger Hotels drei Monate zuvor am 2. März*

1972, der Kurfürstendamm war wunderbar in der lauen Luft des Sommers 1972, elf Jahre nach der Teilung der Stadt, siebzehn vor ihrer Wiedervereinigung, war es diese Absurdität, die meine Eltern mit eigenen Augen sehen wollten? Oder aber versuchen zu verstehen, warum es allerorten schepperte, warum es bei uns am 26. Februar an den Werktoren von Billancourt um ein Haar ein böses Ende genommen hätte, warum es fast überall in Deutschland so brenzlig roch und warum man in Italien nach der Piazza Fontana schon einige Karten ausgespielt hatte, wie zum Beispiel die Entführung eines Siemens-Managers gefolgt von einer rasanten Kidnapping-Prozess-Freilassungsaktion von zwanzig Minuten am 3. März (der Tag nach der Ermordung Thomas Weisbeckers vierhundertsiebzig Kilometer weiter nördlich), eine der ersten spektakulären Aktionen der Brigate Rosse. Wahrscheinlich weder das eine noch das andere; denn wenn die Chronologien, die ich hier in der relativen Bequemlichkeit des *à posteriori* spinne, auch unzählige Wahrheiten enthalten, die zugleich Fiktionen sind, so erkennt man im Augenblick des Geschehens davon nichts, besonders wenn man selbst Anteil daran hat. Meine Eltern waren keine Aktivisten, nicht einmal militant, denn die Glanzzeit dieser Bewegungen war nicht ganz die ihre, sie hatten dieses Quäntchen Zuviel an Jahren, das es ihnen erlaubte, etwas Distanz einzunehmen. Diejenigen, die ich als meine älteren Gleichgesinnten betrachte und die diese Jahre aktiv bestritten, hätten ihre Kinder sein können, meine großen Brüder. Sie brachten ihnen Sympathie entgegen, Unterstützung, manchmal sogar materieller Art, und ihr unerschütterliches intellektuelles Einverständnis. Mit dieser Welt vor Augen lernte ich sehen, es war noch nicht die meine, aber das hat mich geschult.

Ein Teil von mir, meines Blickes, um genauer zu sein, aber das eine geht ja nicht ohne das andere, bleibt im Bann dieser Landschaft und auch, denn jene beiden Entdeckungen haben sich tief in meinem Körper verbunden, im Bann des aufgerichteten Geschlechts, das ich 1974 unter dem Hosenstoff des Migranten von Billancourt erahnte. *Unberührt geblieben trotz seiner Einladung.* Nicht verboten, unberührt. Hier ist ein Knotenpunkt, eine primitive Szene, eine Grundstruktur, sagen wir die pornographische Struktur meines Lebens. Nicht erotisch, pornographisch. Das im Wort »Erotik« mitschwingende fetischisierende Chichi kann ich nicht ausstehen. Hier handelt es sich um den Blick, um Sex und Schrift, um Schreibweise. Das hat überhaupt nichts Zwanghaftes, wäre dies der Fall, würde ich überall die Wiederholung des ersten Bildes suchen, ohne sie je zu finden. Aber ich suche nicht, es ist das Bild selbst, das mich hin und wieder aufsucht. Und mich zutiefst aufwühlt. Denn natürlich sind diese Körper gerade dadurch, dass sie unberührt blieben, für immer begehrenswert. Klingen also gerade, weil ich sie nicht vollbracht habe, die Taten meiner älteren Brüder nach Jahrzehnten noch immer in mir nach? Uns am Eingang der Sackgasse, in der sie feststeckten, einzufinden, als wir an der Reihe waren, das haben wir doch nie ernsthaft in Erwägung gezogen, selbst wenn wir mehr als einmal mit dieser Idee liebäugelten, und in der kurzen vom Sieg der Rechten bei den Parlamentswahlen 1978 und jenem von Mitterrand bei der Präsidentschaftswahl 1981 eingegrenzten Zwischenzeit haben wir vor allem versucht, dem uns mehr und mehr befallenden Gefühl des Erstickens zu entkommen, und deshalb vor allem Lust empfunden Lust bereitet, oft und in vielerlei Hinsicht taumelnd. Dann erwies sich das, was wir für ein Aufatmen hielten, als Anfang eines harten Winters, während dem wir in den Schlafzimmern, den Gassen und Hafenvierteln, die wir unbekümmert aufsuchten, weil wir zwanzig waren und, so dachten wir, die Welt uns gehörte, wie Hunde niedergestreckt wurden. Und als fünfzehn Jahre später die Überlebenden, völlig erschlagen, die Stirn wieder erhoben, als die Epidemie unter Kontrolle gebracht war, sahen sie, dass sich nicht nur ihre Jugend und ihr Zugriff auf die Dinge in Luft aufgelöst hatten, sondern ebenso, mit Mann und Maus, ihre älteren Brüder und ihre Taten, ihre Freuden und Lüste, bis hin zu diesen

Wünschen, die sie getragen hatten. In welchem Abgrund hatte all das untergehen können?

Wie seid ihr bloß auf die Idee gekommen, Urlaub in Polen zu machen, das liegt im Norden, ist kommunistisch, und noch dazu mit dem Auto ... All das klang in dem in unserer Umgebung, Familie und Schulfreunde, bekundeten Unverständnis unterschwellig mit, in Polen, wo man im Allgemeinen von der Costa del Sol, der italienischen Riviera mit *sea sex and sun* träumte. Eine Art Versuch der Wiedervereinigung eines durch den Krieg gespaltenen Kontinents, gewiss lächerlich, aber Polen, das sind doch wir, das ist nicht der Andere, der Gelbe der Schwarze der Araber, der für unseren Exotismus und zur Ausbeutung taugt. Mir wird erst später, als der Ostblock zerfällt, bewusst werden, dass diese ruinierten Länder zu uns gehörten, dass wir sie in Jalta ihrem Schicksal überlassen hatten und seitdem jede sich bietende Gelegenheit ergriffen, uns davon die Hände reinzuwaschen, Ostdeutschland 53, Budapest 56, Berlin 61, Prag 68, Jaruzelski 81, in einer absolut unglaublichen Spirale des Zynismus. Das Haus geteilt, der innere Feind, die Angst, von neuem in einen Kriegsreigen zu geraten, und wir wie Blumen auf diesen Ruinen geboren 45, 50, 55 oder 60, fünfzehn mal dreihundertfünfundsechzig Tage und wer weiß wie viele Geburten, der Babyboom des Wohlstands, auf der richtigen Seite des Eisernen Vorhangs, ihr wollt, dass wir uns damit zufriedengeben? Fickt euch alle!

Benno Ohnesorg in Berlin am 2. Juni 1967, die tadellose Bügelfalte der Hose, der schmale schwarze Gürtel, das sorgfältig gebügelte Hemd, das kurze Haar und der kleine Schnurrbart, alles auf den Fotos, die ihn tot oder sterbend zeigen, wie ein Hund auf der Straße, genauer im Hinterhof eines Gebäudes, wirkt wie eine Inszenierung, eine Rekonstruktion: links der Mann mit Schildmütze, der ihn unter den Achseln hochnimmt, daneben die Krankenschwester mit Brille, Handtäschchen, makelloser Bluse, die ihn am linken Arm hält, schließlich rechts der Mann, der ihn unter den Knien anhebt, weißes Hemd, Manschettenknöpfe, nichts wirkt schlampig, gar konfus, man vermutet, dass sie ihn gleich auf eine Tragbahre legen, in ein Krankenhaus bringen, vielleicht ist er in diesem Augenblick ja noch nicht einmal ganz tot. Denn außer dem Mörder, dem Polizeibeamten in Zivil Karl-Heinz Kurras, der eben Benno Ohnesorgs Haut zerfetzte und dadurch einen Prozess in Gang setzte, der nur darauf wartete loszubrechen, ist vor Ort auch ein Fotograf, Jürgen Henschel, und so sind die Momente direkt nach der Ermordung dokumentiert, ebenso wie fünf Jahre später ein anderer Fotograf schonungslos die Ermordung Pierre Overneys durch den Wachmann von Renault, Jean-Antoine Tramoni, dokumentieren wird. Denn wir kennen die Mörder mit Namen. Am 2. Juni 67 geht rund um den sterbenden-toten Ohnesorg und diejenigen, die sich um ihn bemühen, die Geschichte weiter, die Schreie, die Schläge, die Zusammenstöße, die Demonstration gegen den Schah von Persien, Menschen in den Straßen, die rennen, stürzen, sich aufrappeln, nach Atem ringend den Schauplatz, wo alles außer Kontrolle gerät, fliehen und die morgen, wenn wieder etwas Ruhe eingekehrt ist, entsetzt und wütend, von der Kugel aus allernächster Nähe erfahren werden, von der Leiche, die weggetragen wurde, und dass sie es hätten sein können, wo doch Sommer ist.

Ich war sieben, ich dachte nichts. Ein Jahr später Mai 68 in Frankreich, das Chaos, das den Rechten um die Ohren flog, sie hatten es nicht kommen sehen und haben sich ja noch immer nicht davon erholt, siehe die giftspritzende Wut, die vierzig Jahre später aus den Reden der reaktionären Bande quillt, unentwegt zeigen sie mit dem Finger auf die sozialen, politischen, kulturellen, sexuellen, habituellen, pädagogischen Evidenzen, die von dieser die westliche Welt überziehenden Welle zutage gefördert wurden, und prangern die mit ihr in der Bewegung der Völker einhergehende Freizügigkeit, Laxheit, Lockerung der Sitten an, um die verderblichen Konsequenzen zu beklagen und zur Umkehr zu mahnen, was zum einen von ihrer riesigen

Angst zum damaligen Zeitpunkt zeugt, vom extremen Schwindel, der sie vor vierzig Jahren allein bei dem Gedanken gepackt hatte, auch nur eine Unze ihrer Macht über das Geld, die Körper, die Regulierung der Städte wie der Gemeinden zu verlieren, und der sie selbst in der Erinnerung immer noch taumeln lässt, zum anderen von ihrer pathologischen Unfähigkeit, zum heutigen Zeitpunkt zuzugeben, dass sie über die Früchte dieser Geisteshaltung, die Affekte dieser Stunden keine Kontrolle haben, obwohl sie sie doch über alles andere haben, obwohl sie auf der ganzen Linie gesiegt haben und es niemanden mehr gibt, der ihnen das abspricht. Seit vierzig Jahren registrieren sie die Kapitulationen, die Anschlüsse, den Verrat, notieren die Eingeständnisse des Scheiterns, die man auf der anderen Seite in einer schönen, aber unnützen Hellsicht ausspricht, sie horten, sie verfeinern unentwegt die Ausdrücke ihres Zynismus, aber das genügt immer noch nicht, niemals wird es genügend Rückversicherung für diejenigen geben, die einen Tag, einen einzigen Tag lang, geglaubt hatten, sie würden verlieren, auch wenn sie alles behalten haben. Die, die alles verloren haben, heißen Pierre Overney, Benno Ohnesorg, Walter Alasia, die Liste ist lang, Tote wie Lebende, verhindert, vereinnahmt, verzehrt, aber ich bin acht, neun, zehn Jahre alt, in die Kindheit wie in eine Starre versunken, ich weiß, dass einige in den Straßen des befriedeten Europas sterben wie Hunde, aber die

Wirklichkeit braucht lange, um zu erwachen, um aus den Toten herauszukommen und sich in den Augen der Lebenden einzunisten, die ihr Alter noch lähmt.

Zwölf Jahre, das ist schon besser als acht und weniger absurd, man spürt, dass etwas auf einen zukommt, man fängt an, Stimmen wirklich zu hören, Sätze wahrzunehmen, nicht bloße Aneinanderreihungen von Wörtern, und sofern die Erwachsenen einen nicht wegschicken, verleiht man ihnen manchmal sogar einen Sinn. Und so ordnet sich einem die Welt, in Bruchstücken, in Annäherungen, in Ableitungen, das ist eine lange und geduldige Übung, und natürlich ist, je schwerer es uns fiel, sie erfolgreich zu bewältigen, unsere Wut desto größer, wenn wir im Moment, uns ihrer zu bemächtigen, erkennen, dass die Stunde vorgerückt und die Welt, die für uns gerade Struktur und Bedeutung angenommen hat, schon nicht mehr ganz genau die ist, die sich uns anbietet, dass es also nötig sein wird, einen Teil der Arbeit von neuem zu beginnen, und dass es in Wirklichkeit nie aufhören wird, wir werden unwissend sterben: Wem wird das, was wir getan haben, dienen, wenn die Kräfte der in Erinnerung verwandelten Vergangenheit schwinden? *Dreiundfünfzig Jahre, so alt wie ich heute, schwul wie ich, Pasolini zerstückelt am Strand, weil er eine* forca del passato *war, und was für eine Kraft, viel mehr als eine Widerspiegelung. Zerstückelt und nicht nur deshalb.* Ich bin, als er in der Nacht zum 2. November 1975 in Ostia stirbt, seit ein paar Tagen sechzehn, ist das unsere Zukunft als Schwule? Regulative männlicher Spannungen, die die Ordnung der Welt bestimmen, genau wie die Nutten, genau das bedeutet es, Schwänze zu lutschen, es ist zweifellos obszön, genauso obszön, wie die Ordnung der Welt zu bestimmen, doch einmal davon abgesehen, dass es ein Genuss ist, muss sich ja jemand darum kümmern, wenn man nicht will, dass alles, aber dann wirklich alles, aus dem Ruder läuft. Übrigens hat man das so ungefähr zu allen Zeiten und an allen Orten ziemlich teuer bezahlt. Das ist nun mal das Schicksal der Heizer. Dem Zufall meiner Geburt habe ich es zu verdanken, dass ich nicht nur Heizer bin, aber manchmal bin ich einer, und wie gesagt, das deklassiert dich in null Komma nichts.

Italien 1978, Massimo in mir und überall die laue Luft, es ist Mai und Aldo Moro stirbt. Ich bin achtzehn und nun bin ich dran, die Umlaufbahn der Welt liegt seit einigen Monaten auf meinem Kurs, ich greife nur schüchtern zu, denn die Möglichkeiten, daraus etwas zu machen, lassen noch auf sich warten. Ich gehöre nicht zu denen, die die Menge anführen oder sich in die Arenen werfen, auf dass man ihnen zuhöre, zu denen, die Politik als Werkzeug begreifen. Ich war mal nahe dran, womöglich war ich es für einen Augenblick ja ganz, 1975 mit fünfzehn-sechzehn

Jahren, Gymnasiast, bereit, mich zu schlagen, Appelle an die mageren Trüpplein zu richten, die entschlossen waren, die Gitter der Lehranstalt zu sprengen, auf die Straße zu gehen und zu demonstrieren, im vorliegenden Fall gegen die nach dem damaligen Erziehungsminister Haby benannte Reform des »collège unique«. Ich saß einige Jahre im Schulausschuss und lernte die Mechanismen der klebrig-süßen Phagozytose der Oppositionen durch die Macht kennen; die Dimension war winzig, die Lektion aber lehrreich: Nichts für mich. Die Oberaufsicht des Gymnasiums hat sogar, um mich einzuschüchtern, einmal meine Eltern einbestellt, nach dem Treffen kamen sie quietschfidel nach Hause, du sollst ein Anführer sein? Ich habe diese Titulierung nicht vergessen, die seither nie mehr auf mich angewendet wurde, und aus gutem Grund ... Aber es hat doch einige Monate in meiner Jugend gegeben, in denen ich auf Tische stieg, um Reden zu schwingen, zu überzeugen, und in denen mein Eifer und das tiefe, mich verzehrende Bedürfnis nach Freiheit und Gerechtigkeit mich dazu hätten führen können, der in meinem Geist virulenten und in der Luft liegenden Logik folgend, diejenigen, die sich widersetzten, auszuschließen, zu verurteilen, zu exilieren, ja, vielleicht sogar zu liquidieren. Einen Augenblick, es dauerte nur einen Augenblick, und dieser Augenblick kam zu früh in meinem Leben, oder im Leben der Welt, um andere Konsequenzen als angenehme Erinnerungen nach sich zu ziehen. Sechzehn Jahre sechs Jahre früher hätte ich mich in den Reihen der proletarischen Linken befunden, achtzehn Jahre in genau diesem Jahr aber in Turin oder in Mailand hätte ich mich Lotta Continua oder einer Splittergruppe der weitreichenden Autonomiebewegung angeschlossen, 1955 in Göttingen oder Wuppertal geboren, hätte ich mich auf die Socken gen Berlin gemacht, um mich der Bewegung 2. Juni anzuschließen. Es hängt von so wenig ab ...

Unter anderem von einer exakten, notwendigen und nicht immer passenden Anordnung: dass die Geschichte, die Geographie, die Eltern, die man hatte, die Erziehung, die man erhielt, die Freunde, die man sich suchte, die Vorlieben, die man entwickelte, sich auf ein und derselben Geraden aufstellen und einen Weg eröffnen – dem zu folgen uns niemand zwingt. Ich habe also nicht die Massen angeführt, es war zu spät; habe mich nicht, als meine Stunde gekommen war, an dieser Unzeitigkeit gerächt, indem ich die verschiedenen Facetten von Zynismus entwickelte, die in den achtziger Jahren eine nach der anderen aufscheinen; ich bin dahin gegangen, wo sich etwas Wesentliches des Lebens abspielt, das beinahe von keinem Wort benannt, von keiner Geschichte erzählt wird, an das sich nur einige Verdammte der Literatur gewagt haben, einige wenige Männer und noch weniger Frauen: zwischen die

Beine der Männer. Massimo in meinem Mund, und, obszöne Gleichzeitigkeit, Aldo Moro zusammengefaltet in einem R4 in der Via Caetani, abgeknallt wie ein Hund, die weit ausholenden Alleen, die zu Sackgassen wurden, die Stunde, die vorrückte, und der vom Orgasmus eines Mannes gezeichnete Abgrund ... Davon hängt die Welt ab.

1972 in Berlin werden wir einen Nachmittag im Osten verbringen, wie, weiß ich nicht mehr. Inzwischen habe ich irgendwo gelesen, dass man damals am für Diplomaten und Ausländer bestimmten Grenzübergang Friedrichstraße ein für ein paar Stunden gültiges Visum kaufen konnte, was meine Eltern vermutlich taten. Und dann? Freie Bahn oder ausgeschilderte Route? Ich erinnere mich an unendliche gottverlassene Weiten; zehn Jahre später, 1982, werde ich in Moskau den gleichen Eindruck haben. Es liegt wahrscheinlich an den wenigen Autos in den überdimensionierten Straßen, denn es sind überall Leute unterwegs: Aber natürlich vermitteln, verglichen mit der Pariser Dichte, ein paar vereinzelte Fußgänger in endlosen Straßen den Eindruck von Wüste. Was ich 1972 noch nicht weiß, ist, dass diese Dimensionierung viel mehr für Militärparaden als für Menschen vorgesehen war. Zehn Jahre später in Moskau ist es mir bewusst, und heute befällt mich jedes Mal, wenn ich die Straßenbahnlinie M 10 Warschauer Straße–Nordbahnhof nehme, an der Kreuzung der Karl-Marx-Allee, Höhe Frankfurter Tor, in einer perfekten seitlichen Kamerafahrt, ein bestimmtes zwiespältiges Gefühl, weit entfernt vom primitiven antikommunistischen Hohn, der inzwischen in der Beurteilung stalinistischer Architektur angesagt ist: zunächst rein urbaner Natur, weil eine Kreuzung immer ein Versprechen ist und, insofern sie der Sicht eine solch unendliche und rhythmisierte Perspektive bietet, die Bestätigung der spezifisch menschlichen Fähigkeit, den Blick des Betrachters zu steuern, indem man ihn irreleitet, ja, Schwindel hervorzurufen; dann historischer Natur, wenn ich an die voluntaristische Erbauung dieser grandiosen Gebäude denke, in deren unglaublichen Ausmaßen die Hoffnung sich nur auflösen, nicht aber widerhallen konnte, und an die durch die Drohung verblassten Leben, die man denen aufzwang, die dort wohnten. Sicher sind wir sie hinuntergelaufen, diese Karl-Marx-Allee, vom Alexanderplatz aus, das war das Aushängeschild, ich wusste nicht einmal, was die Stasi war, versteckt in der Magdalenenstraße, ganz am Ende dieser Perspektive, und dass sechs Monate vorher auf der »guten« Seite der Mauer, *wie ein Hund auf der Straße in Schöneberg von Polizisten in Zivil Georg von Rauch abgeknallt*, Georg von Rauch, der sich wegen des Mords an Benno Ohnesorg vier Jahre zuvor entschieden hatte, nach Berlin zu kommen und gegen alles zu kämpfen, weil nichts zu ertragen war, weder die Menschen noch die Geschichte, weder die Vergangenheit noch die Versprechungen. Georg von Rauch mit seiner Engelsmiene.

Ein Menschenmeer auf der Beerdigung Pierre Overneys einige Monate vor unserer Polenreise, am 4. März 1972 auf dem Père-Lachaise, zweihunderttausend Menschen und eine überwältigende Emotion, eine beinah greifbare Wut, eine unendliche Traurigkeit. Pierre Overney ist nicht der erste tote Franzose dieser Jahre der Wut, vor ihm am 24. Mai 1968 *Philippe Mathérion sechsundzwanzig Jahre in einer der Straßen von Paris wie ein Hund verblutend während die Erste Hilfe nicht kommt*, das, was man heute ein Kollateralopfer nennen würde, am 10. Juni bei Renault-Flins *Gilles Tautin siebzehn Jahre in der Seine ertrunken wie ein Hund keuchend im Wasser um sich schlagend nach einer Auseinandersetzung mit den Polizisten der CRS, die den Zugang zu den Renault-Werken versperrten*, am folgenden Tag, dem 11. Juni, bei Peugeot-Sochaux *Pierre Beylot vierundzwanzig Jahre durch einen Schuss und Henri Blanchet neunundvierzig Jahre durch einen von einer Granatenexplosion verursachten Sturz* – von diesen beiden bleibt nur eine auf der Hütte befestigte Gedenktafel »gefallen für die freie Ausübung des Streikrechtes« – Hunde und vier Leichen, Mütter und Söhne im Grau verschwunden, Freunde Geliebte. Allerorts seid ihr es, die den Ball eröffnen, vier Jahre später an den Toren von Billancourt ebenso wie 1967 in der

Krummen Straße und 1969 auf der Piazza Fontana, und das Unbegreiflichste ist nicht, dass es Tote gab, das konnte ich sogar mit sieben, mit acht, mit zwölf Jahren letztendlich verstehen, das Unbegreiflichste ist, dass diese in der Kluft verschwanden, die sich auftat, als die Welt ihren rasanten Lauf weiterverfolgte, und dass man ihre in Flins ertrunkenen, in Hamburg von Kugeln durchsiebten, in Mailand aufgeschwollenen Körper durch die dumpf akzeptierte Idee ersetzen konnte, ein Angriff auf den Staat sei nicht unbeschädigt zu überstehen, in einem Wort, dass man nur die Hunde abknallt, die euch angegriffen haben.

Ich bin einer dieser zweihunderttausend, die sich am 4. März 1972 entlang der Avenue de la République bis zur Place Auguste-Métivier und zum Eingang des Père-Lachaise aneinanderreihen. *Thomas Weisbecker in Augsburg zwei Tage zuvor.* Ich laufe an der Seite meiner Eltern, ich kann mich an kaum etwas erinnern, außer an die Intensität dieses Augenblicks. Der 26. Februar ist mir noch lebhafter im Gedächtnis mit dem Defilee der Freunde der Nachbarn, dem Getuschel, der Traurigkeit, der Wut. *In etwas mehr als zwei Monaten wird die erste Salve koordinierter Attentate der Roten Armee Fraktion den deutschen Himmel zerreißen, die schönen Stoffe seines Wohlstands; und in Mailand wird der Polizeikommissar Calabresi – den die radikale Linke anklagt, den anarchistischen zu Unrecht des Attentats der Piazza Fontana Beschuldigten Giuseppe Pinelli aus dem Fenster gestoßen zu haben, obwohl alle wussten, dass die Bombenleger Neofaschisten waren – von einem Kommando der Lotta Continua liquidiert.* Auf den Fotos der Beerdigung vom 4. März rote Fahnen und angespannte Gesichter, überall ernste Mienen und junge Leute. Viele sind kaum älter als ich, drei oder vier Jahre vielleicht, diese kleinen Zeitsplitter, so lächerlich in der Stunde der Abrechnung, doch so entscheidend in der Stunde der Aktion: Sie tragen Fahnen, gehören zum Ordnungsdienst, in ihren Augen sieht man Niedergeschlagenheit und Wut, es sind nicht diese dogmatischen intellektuellen isolierten pathetischen in eine absurde und suizidale Logik verbohrten Hampelmänner, die man heute auf den Bühnen des Liberalismus präsentiert, es sind Frauen und Männer, junge Männer Mädchen, auch etliche Kinder, ich bin mit meinen zwölf Jahren nicht das einzige, die die uns angebotenen Konzepte verweigern und schon seit einigen Jahren ihre Intelligenz, ihre Herzen und ihre Körper mitten in den Weg stellen, damit der Lauf der Dinge sich ändert. Diejenigen, die vor dem Krieg dieselben Hoffnungen hegten, begraben sie heute in aller Öffentlichkeit: Wir wollen nicht wie in Polen leben, wir wollen aber auch keine schleichende Unterdrückung. Worin sind diese Ideen diese Sehnsüchte diese allgegenwärtige Jugend dieser unglaubliche Schwung nur versunken? In den Zeitläuften, denn dort enden wir alle einmal, aber es ist nicht nur das. Mir bleibt der Eindruck eines kurzen Moments der Abwesenheit am Ende des Jahrzehnts, 1978, um ein Datum zu nennen, in dem der Charakter der Bühne sich radikal verwandelte, ohne dass sich irgendetwas in der Erscheinung der Dinge geändert hätte, weder das Bühnenbild noch die Kostüme. Als wir den Kopf wieder erheben, ist es zu spät: Wo hatten wir uns verkrochen, was bleibt noch zu tun?

Die Migranten, die Einwanderung, das ist zu jener Zeit noch keineswegs das Wespennest, zu dem es dann in den achtziger Jahren wird, derart sedimentiert, dass man nicht das kleinste Teilchen mehr verrücken kann, ohne dass das Ganze einstürzt. Das sind stumme und billige Arbeitskräfte, ein Lumpenproletariat, das man den Fabriken auf einem Silbertablett serviert, sie brauchen es und sparen eine Menge Geld, indem sie es einstellen, und dem einheimischen Proletariat setzt man damit etwas vor, das niedriger ist als es selbst, niedriger noch als ganz unten, schlechter bezahlt, schlechter angesehen, nach Lust oder Bedürfnis zu beleidigen, wenn es aus Algerien kommt, der Krieg noch so nah, die Verträge von Évian 1962 fast auf den Tag genau zehn Jahre her, man malt in den leuchtendsten Farben die Chance aus, binnen kurzem eine Art friedlicher und fleißiger Mikro-Bourgeoisie zu begründen – eine Art unheilige Allianz zwischen den Interessen des Arbeitgeberverbandes CNPF und des Gewerkschaftsbundes CGT, der Gaullisten des UDR und der Kommunisten des PC. Das ist im Wesentlichen die Analyse der Eltern der Freunde der Nachbarn. Ich kann es nicht beurteilen, ich begleite meine Eltern in die Elendsviertel von Nanterre, die heruntergekommenen Behausungen der Goutte-d'Or, überallhin, wo man sich zusammenzwängt, wo man erschöpft ist und schmutzig, wo man an Müdigkeit eingeht, an Lähmung, an Nachlässigkeit, wo man Hilfe braucht, Lachen und menschliche Wärme. Dort spricht man Französisch nur mit andersartigem Akzent, genau das ist es, was migrantische Arbeitskräfte bedeutet, Männer, Männer und nochmals Männer, Männer ohne Frauen, die Gewalt roher Arbeit und die Kehrseite dieser Realität, die mich in zwei Jahren – 1974 der dunkelhäutige Lumpenproletarier, pechschwarze Augen und Haare, kompakter Körper und zum Bersten praller Schwanz auf dem Pont de Billancourt, der unberührte Körper des Heizers, dank dem Europa glänzt und funkelt – von Grund auf verwandeln wird, ich sehe es nur noch nicht. Und ich fürchte, es ist auch kaum von denen gesehen worden, die diese Zwangsarbeiter des Wohlstands, mehr oder weniger beherzt, verteidigten. Genau da klafft eine Lücke, und ich wage mich tastend in die »stumme« Zone dieses Abschnittes unserer Geschichte vor: Sicher öffneten einige besonders unkontrollierte Subjekte ihre Arme, Betten,

Schenkel, um diese ebenso wirkmächtigen wie nicht mitbedachten Spannungen etwas zu besänftigen, sei es aus Liebe, Idealismus, Überzeugung oder Begehren, das Motiv ist gleichgültig, Hauptsache, diese Männer konnten kommen. Frauen vor allem, weil sie wissen, was die Welt zusammenhält, Marie, Sylvie oder Frédérique, die zu Ali, Pedro, Salif gingen. Auch Männer, in einer doppelten Heimlichkeit, sozialer und sexueller Natur; Tunten, meine älteren Schwestern; mit sechzehn in vier Jahren werde ich wissen, was diese Tunten auszeichnet und wie wichtig die Zersetzungskraft ihrer Initiativen ist, genau wie das schrille Grüppchen der »Gazolines« im Fummel inmitten der Roten Fahnen vor dem Père-Lachaise an diesem 4. März 1972, in krasser Aufmachung, aber mit derselben Wut im Bauch, denn all das muss in die Luft fliegen, zu was taugte das Leben ansonsten? Pierre Overney – Liz Taylor, derselbe Kampf! Das musste man sich erst mal trauen.

Im Krieg sterben in einem Land in Frieden. Denn es herrscht Frieden. Kein einziger militärischer Krieg am europäischen Horizont, nicht einmal ein Bürgerkrieg, um solcherlei Töne wiederzuhören, wird man sich noch neunzehn Jahre gedulden müssen und dann ungläubig mitansehen, wie die Weltzeit kippt und 200 000 bis 300 000 Personen in die Abgründe der hasserfüllten

Mechanismen zwischen *Ljubljana* und Skopje hineinreißt. Die eigentlichen Beweggründe der Affäre blieben undurchschaubar, und jeder kann über den Zerfall der Imperien meditieren oder Thukydides wiederlesen. Zehn Jahre Krieg in Europa mitten im Frieden, in welche Fiktionen haben wir all das gekleidet, um glauben zu können, diese riesigen Löcher würden nur draußen klaffen, wo sie sich doch längst schon drinnen auftaten. Ebenso wie offiziell seit 1967 in Deutschland, seit 1968 in Frankreich, seit 1969 in Italien und halboffiziell seit Kriegsende allerorten der entschiedene Wille zu Hause war, angestachelt durch die ihm entgegengesetzte Weigerung, sich nicht mit der Rede vom offiziellen Frieden abzufinden, dieser Lüge ungekannten Ausmaßes: Kalter Krieg für alle, heißer von 54 bis 62 für die Algerier, 53 für die Koreaner, von 54 bis 73 für die Vietnamesen und so weiter und so fort, ohne dabei zu berücksichtigen, dass, während sie die östliche Hälfte des Kontinents den Freuden der kommunistischen Regime überließ, die andere Hälfte zwei gute alte ganz offizielle faschistische Diktaturen vorzuweisen hatte, jene von Salazar und Franco, die beide unbeschadet durch den Krieg gekommen waren, und die bald dahinschwinden würden, die eine zwei Jahre später in einer Nelkenrevolution, die andere drei Jahre danach in blutbeflecktem Schlaf, außerdem noch eine jüngere, 1967 für sieben Jahre in Athen etabliert. *Pax americana.*

Mitten in all dem wird man den Kopf wieder erheben, den Handschuh der freundlichen Unterdrückung wieder auf- und die Herausforderung perverser Erklärungen wieder annehmen, und all das wird ein Ende nehmen, ich werde dann zwanzig sein, die Straßen besudelt vom Blut der Hunde, denen man Rippen, Herz und Verstand durchbohrte, und dabei doch so gut asphaltiert, dass man glaubt, man habe nur geträumt.

Ich werde die Dinge erzählen, es zumindest versuchen, ihre Höhepunkte, die erste Salve Rote Armee Fraktion von 1972 und den Deutschen Herbst 1977, die italienische Autonomia und die Bewegung von 1977, die Aldo-Moro-Krise im Jahr darauf, werde wie in einem Refrain wiederholen, wer es war, der den Ball jedes Mal eröffnete, doch meine Position ist nicht einfach: Ich mache keine Geschichtsschreibung, ich mache auch keine Geschichten. Ich fühle mich der Zwischenzeit verpflichtet, in der sich all das vor meinen Augen abspielte, und dem Weg meiner älteren Brüder fühle ich mich ebenso verpflichtet, das, was ich geworden bin, und die von mir erwählte Aufgabe, Sätze zu bilden, um zu versuchen klarzusehen, verpflichten mich zu präzisieren, wo ich heute stehe, wo ich damals stand, etwas zu sagen über das ungeheure Durcheinander, in dem sich das alles mir präsentierte, die zu lockeren Maschen dessen, was ich kaum wahrgenommen habe (die Ereignisse und die Männer dahinter), die zu engen Maschen dessen, in das ich selbst verstrickt war (mein Verlangen nach Ereignissen und mein Verlangen nach Männern). 1975 fahren wir mit meinen Eltern nach Italien, drei Jahre nach der Polenreise, doch diesmal ist kein Mensch erstaunt. Ach wie schön, Italien, wo fahrt ihr denn hin, in die Toskana, nach Rom, Venedig? Ihr macht es genau richtig, mit dem Auto ist es viel besser. Es wird eine Initiationsreise, die mich einführt in die Kunst, die Architektur, die Malerei, die Bildhauerei, den Städtebau, die Küche, die Landschaft, der unverzichtbare Markstein einer europäischen Erziehung, und in meiner Faszination der italienischen *bellezza* verschlinge ich alles, was meine Eltern mir zeigen: Parma und Florenz, Lucca und Siena, Urbino und Ravenna, Gubbio und Bologna, wir sind glücklich und trunken, uns mit all diesen großartigen Meisterwerken vollzusaugen. Man kann nicht alles sehen, man müsste wiederkommen, aber ich werde nicht mehr mit meinen Eltern nach Italien zurückkehren. Abgesehen von der Offenbarung der italienischen Kunst sah es 1975 in Italien allerdings gar nicht rosig aus. Pasolini lag noch nicht zu einem Klumpen Fleisch zermatscht auf seinem Strand, es blieben ihm noch drei Monate zu leben, in denen er einige der Texte schrieb, die nach seinem Tod in den *Freibeuterschriften* versammelt wurden und deren wutentbrannte Respektlosigkeit mir noch heute beim Denken hilft, das Antiterrorgesetz war gerade verabschiedet worden, ein gegen die das Land überflutende »jugendliche Delinquenz« (also die politisierten, ihre Stimme erhebenden Studenten und Arbeiter) gerichtetes Notstandsgesetz, das es beispielsweise erlaubte, Festnahmen einfach auf Verdacht hin, ohne Haftbefehl, durchzuführen, die Attentate gingen weiter und wurden schlimmer, kurz, eine Art feindliche Woge ergriff den proletarischen und studentischen Körper und erreichte wie durch Zufall einen großen Teil der Bevölkerung. Und wir machten Sightseeing, zwar kultureller Art, aber dennoch Sightseeing. Wie sensibel meine Eltern für diese Ereignisse waren, wie bewusst sie sie verfolgten, kann ich aus heutiger Sicht unmöglich sagen. Was ich dagegen sicher weiß, ist, dass 1972, *am 26. Februar der Aktivist der proletarischen Linken an den Toren von Billancourt von einem Wachmann erschossen*, für uns Franzosen weder das Pulver entzündet noch zur Eskalation führt, sondern ganz im Gegenteil zur Vollbremsung, was Frankreich in diesem winzigen Zipfelchen Geschichte von seinen zwei europäischen Schwestern, der deutschen und der italienischen, unterscheidet. 1975 ist ein Sommer der Kunst und der Entdeckung, kein Sommer der Analysen und des Kampfes. Die Welt ist unmerklich vor meinen Augen weitergezogen, die Perspektive hat sich leicht verschoben, ich bin am Rande der Bewusstwerdung, in einem Monat werde ich Martin begegnen.

Drei Jahre später steht für mich wieder, diesmal aber ohne Eltern, Italien an, Rom und Massimo, der mir im gleichen Maß unter die Haut geht, wie sich das Entsetzen ausbreitet, die Roten Brigaden haben einen Anschlag auf das Herz des Staates ausgeführt, Aldo Moro, 1978. Ich weiß nicht, mit welchen kleinen Jobs Massimo seinen Lebensunterhalt verdient, er spricht nicht schlecht Französisch, ich ein paar im Kino aufgeschnappte Fetzen Italienisch, Gesten und ein bisschen Küchenenglisch erledigen den Rest. Er ist ungefähr zehn Jahre älter als ich, gelernter Graphiker, sein fachliches Können setzt er im autonomen Dunstkreis ein, steht den Mailändern der Revue *Fuori!* an der Spitze der aufkommenden militanten homosexuellen Presse in Europa nahe. Die Entführung Moros hält er für eine Schweinerei und rechnet mit einer Freilassung. Weder mit dem Staat noch mit den Brigate Rosse, ein schmaler Grat für diejenigen, die glauben, dass es dazwischen noch etwas gibt. Ich spüre rings um mich her die Anspannung, doch wie von Gleichmut ummantelt, überall Polizei, doch sie scheint nicht einzugreifen. Wir treffen uns abends bei irgendwelchen Freunden Massimos, militante Aktivisten wie er, nicht unbedingt schwul, bei denen wir mal hier, mal da übernachten, oder auch unter freiem Himmel wie am 9. Mai, er hat noch keinen Wohnsitz in Rom und keinen mehr in Bologna, wo er fast das gesamte Jahr 1977 verbracht hat. Sie reden und rauchen, rauchen und reden, sie sind immer noch in diesem Zustand fiebrig erregter verheißungsvoller Hochspannung, in den die große autonome Bewegung des Vorjahres sie versetzt hatte, ich beobachte sie still, etwas in ihrem Tatendrang und ihrer Entschlossenheit erschüttert mich: Sie sind meine älteren italienischen Brüder, die den älteren französischen Brüdern von vor einigen Jahren furchtbar ähnlich sind, und in einer noch viel stärker als bei uns vom Machismus und Katholizismus geprägten Gesellschaft gehen sie erhobenen Hauptes voran und zeigen sich als das, was sie sind, Schwule im Kampf gegen Unterdrückungen. *Finocchio.* Hunde. Ich bewundere sie, denn seit 1974, der Brücke von Billancourt, spüre ich intuitiv und seit zwei oder drei Jahren (dank Martin, auf ihn komme ich noch zu sprechen) auch bewusst, dass sich am Schnittpunkt von Sexualität und Politik wesentliche Dinge verknoten, die es aufzutrennen gilt, indem man laut herausschreit, dass man genau das tut. In diesem Frühjahr geht mir Massimo unter die Haut, und ich verstehe, dass diese Redewendung absolut wörtlich zu nehmen ist: Ich denke an nichts anderes als das Hineingleiten, die Präsenz seines Körpers in meinem; ich bin nicht verliebt, aber verrückt nach seinem Schwanz, um die Dinge zu benennen, so wie sie sind, obszön. Wie es scheint, ist er auch verrückt nach meinem Arsch. Ihn so lange wie möglich in mir zu behalten, für eine kurze Zeit unser bewusstes Denken vergessen, uns zu verhalten wie Hunde, ohne Scham, ohne besondere Anmut. Das war typisch für jene Zeit, niemals habe ich das später wieder so erlebt, außer mit den Körpern von Migranten oder Bauern, mit von Arbeit geprägten Körpern, nachlässig, was die Ausschmückung angeht, präzise in der Hauptsache, messerscharf. Man hat später nicht mehr auf diese Art und Weise gefickt, und es liegt nicht nur daran, dass ich älter wurde oder dass Aids auftauchte. Die sexuelle Typologie der Schwulen in den siebziger Jahren passte gut zu mir. Ich bin direkt nach Moros Tod abgereist, Moro, *wie ein Hund in einer Garage abgeknallt von den Männern der Roten Brigaden*, für eine Nacht machte ich oberhalb von Genua bei Freunden von Massimo halt, ein Mädchen, zwei Jungs, drei Engelsmienen auf einem kleinen Bauernhof, wir haben was getrunken, Haschisch geraucht, geredet und am Schluss mehr oder weniger jeder mit jedem geschlafen in der schönen piemontesischen Nacht. Einer von ihnen war gerade erst aus dem Gefängnis entlassen worden, ich habe ihn lange in mir behalten, ich hoffe, er konnte dabei etwas Frieden finden. Von uns vieren war er der Schweigsamste, er hatte Lo Russo sterben sehen, *Francesco Lo Russo fünfundzwanzig Jahre am 11. März des Vorjahres in Bologna auf dem Campus einer Uni abgeknallt wie ein Hund von den Carabinieri*, Aldo Moros Tod ließ ihn völlig kalt. Hunde, Lust empfinden und Lust bereiten.

Vor der ersten deutschen Salve gibt es bereits Tote, nicht einen auf Seiten derer, die den Ball eröffnen. *Petra Schelm zwanzig Jahre am 15. Juli 1971 auf der Straße in Hamburg das Gesicht wie von Blei durchsiebt doch das ist sicher das aus ihrem zerlöcherten Schädel geflossene Blut, Georg von Rauch vierundzwanzig Jahre am 4. Dezember 1971 auf der Straße in Berlin, Thomas Weisbecker dreiundzwanzig Jahre am 2. März 1972 auf der Straße in Augsburg, wie Hunde*, ein Mädchen, zwei Jungs, drei Engelsmienen zusammen auf demselben Plakat, *Ermordet* steht über den Gesichtern, *Wir kämpfen weiter* darunter. Zu diesem Zeitpunkt hat die Rote Armee Fraktion noch niemanden getötet, Brandstiftungen in großen Kaufhäusern in Frankfurt und Berlin, Bankeinbrüche, Attentate und Sachschäden, Befreiung eines Gefangenen, Andreas Baader siebenundzwanzig Jahre, durch ein bewaffnetes Kommando, doch der Staat muss die Gefahr spüren, er wird zum auf der Lauer liegenden Raubtier, versteht auf Anhieb, dass es um Leben, um Tod für ihn geht, um seinen Wohlstand, sein Wirtschaftswunder, seine Wiederverwertung von Nazis, alles, er sieht alles blitzschnell, plötzlich kommt er außer Atem und etwas sträubt sich in seinem Nacken, auf dem sich Schweißperlen bilden, im Juni 1968, genau ein Jahr nach der Ermordung Benno Ohnesorgs (dessen Mörder Karl-Heinz Kurras vier Jahre vom Dienst suspendiert und 1971 zum Hauptkommissar ernannt wird) verabschiedet er ein Ausnahmegesetz, das uneingeschränkte Machtbefugnisse im Kriegsfall oder bei einer internen Krise vorsieht, herumtrödeln wie die Italiener oder auch eine Art hysterische Oper mit Bombenattentat und Fenstersturz des falschen Schuldigen kommt natürlich nicht in Frage. Bitteschön keine legitime Gewalt außerhalb des Staates, die Hunde ab in die Hütte oder durchsiebt und ausgenommen direkt auf dem Pflaster. *Und was soll ich mit einer solchen Welt anfangen ich Franzose mit meinen zwölf Jahren und mit meiner Langsamkeit zu verstehen dass das gleiche laue Lüftchen an einem Abend Anfang August 72 sanft über den Tiergarten wehen kann wie über die grasbewachsene Stille von Auschwitz-Birkenau Ende desselben Monats und meinen Lippen die armen Worte raubte, die gerade dabei waren, mühsam bis dorthin zu gelangen?* Deutschland ist noch nicht im Herbst, der Ball wurde am 2. Juni 1967 eröffnet, man wird gut zehn Jahre tanzen, lasst uns mit den Walzern beginnen, Mai 1972, die Mazurkas schauen wir uns später an, und erst recht die Tangos: Am 11. Explosion dreier Rohrbomben im Hauptquartier des v. Korps der US-amerikanischen Streitkräfte und auf dem Standort der National Security Agency in Frankfurt, ein Toter, dreizehn Verletzte, 300 000 US-Dollars Sachschaden, Vergeltung für die an diesem Tag von den USA verhängte Seeblockade gegen Nordvietnam, unterzeichnet Kommando Petra Schelm; am 12. Explosion zweier Bomben in der

Augsburger Polizeidirektion (sechs Verletzte) und einer Bombe auf dem Parkplatz der für die Treibjagd und Ermordung Thomas Weisbeckers am 2. März verantwortlichen Münchner Kriminalpolizei (zwölf Verletzte, hundert zerstörte Autos), unterzeichnet Kommando Thomas Weisbecker; am 15. in Karlsruhe Explosion einer Bombe im Auto des mit allen die Rote Armee Fraktion betreffenden Maßnahmen betrauten Ermittlungsrichters Buddenberg vom Bundesgerichtshof, die Gerda Buddenberg verletzt, nicht aber ihren Ehemann, den sie vom Büro abholen wollte; am 19. Explosion zweier Bomben im Verlagshaus der reaktionären Hass schürenden Springer-Presse in Hamburg, siebzehn Verletzte, unterzeichnet Kommando 2. Juni; am 24. Explosion zweier Bomben im Hauptquartier der US-Armee in Heidelberg, drei Tote, sechs Verletzte, der Computer, der die massiven Bombardierungen Vietnams programmiert, wird zerstört, unterzeichnet Kommando 15. Juli. Verschnaufpause, tanzen wir also ein paar Slows und trinken eine Limonade.

Es hat zehn Jahre gedauert, ebenso lange, wie ich der Kindheit entwuchs. So ungefähr zehn Jahre, ein Jahrzehnt ist zur Bezeichnung einer Zeitspanne einfach bequemer, es ist ein fiktives Instrument, das jeder versteht. In Deutschland von 1967, Benno Ohnesorg, bis 1977, Hanns Martin Schleyer, deutscher Herbst und der 18. Oktober. In Italien von 1969, Piazza Fontana, bis 1978, Aldo Moro. In Frankreich, da, wo ich mich befand und wo man nie etwas ganz genauso macht wie anderswo, von 1968, der schöne Monat Mai, bis 1972, Pierre Overney, dann, als schon alles gelaufen war, wie ein verspätetes Aufzucken, 1979 bis 1987, die Action Directe. Aber natürlich beginnt es viel früher, wie gesagt, wenn man anfängt, an einem Faden zu ziehen, dann wickelt sich das gesamte europäische Knäuel ab, da kommen jede Menge Ursachen zutage. Es kommt aus dem Rauch der Krematorien, den nationalen Widerstandsbewegungen, natürlich aus der Kollaboration der verschiedenen Länder, die erleichtert, sie nicht selbst verbrennen zu müssen, die Juden ins Feuer der Nazi-Hölle schickten, und noch allgemeiner betrachtet aus dieser sehr langen Epoche der Ausschreitungen (Machtmissbrauch, Übergriffe, Gräueltaten) in Europa, eingeleitet durch das Attentat auf Erzherzog Franz Ferdinand in Sarajevo, genau dort, wo sich achtzig Jahre später das Kapitel mit einem als »Ethnische Säuberung« bezeichneten Ereignis wieder schließen wird – eine ursprünglich serbokroatische Bezeichnung nebenbei bemerkt, die in die Mitte des 19. Jahrhunderts zurückreicht, als Praxis aber ganz gewiss keine Grenzen kennt. Nicht dadurch bin ich der Kindheit entwachsen, doch das war die Landschaft, die sich nach und nach vor meinen Augen abzeichnete, sich zu einem Ganzen zusammenfügte, das, wenn auch zu einem

Teil nicht entzifferbar, unbestreitbar eine Kontinuität bot. Nicht einen Augenblick lang habe ich daran gedacht, mich irgendwo anders einzunisten als in dieser bestimmten Landschaft, obwohl ich darin, und das war nicht selbstverständlich, den Immigranten vom Pont de Billancourt und alle, die auf ihn folgten, unterbringen musste. Wahrscheinlich hätte mich dies (das Verlangen nach Männern), wenn ich, etwas früher geboren, mich der Wut und dem politischen Kampf verschrieben hätte, gezwungen, einen Schritt zur Seite zu treten, denn die Bewegungen der radikalen Linken waren nicht naturgemäß *gay-friendly*, wie man heute vierzig Jahre später sagt (Olivier Rolin erzählt in *Die Papiertiger von Paris*, leicht säuerlich, wie einige der Muskelpakete aus dem Umkreis der proletarischen Linken regelmäßig loszogen, um Schwule in den Klappen der Porte de Versailles zusammenzuschlagen, einfach nur als Training, um nicht einzurosten – er merkt übrigens zu Recht an, dass diese Klappen, die in anständigem, auf das antike Rom zurückgehenden Französisch »Vespasiennes« heißen und inzwischen, für die Jüngeren, in der Gott weiß worauf zurückgehenden Alltagssprache »Sanisettes«, individueller Gebrauch, maximal eine Viertelstunde Benutzungsdauer, somit keine fixenden Junkies, keine herumfickenden Schwulen, keine vor sich hin nickenden Obdachlosen, zu den in der Versenkung der Geschichte verschwundenen Dingen gehören, ich glaube allerdings nicht, dass sie ihm genauso fehlen wie mir ...). Genau deshalb, Spaß beiseite, bin ich von den »Pierre Overney – Liz Taylor derselbe Kampf!« skandierenden Gazolines so beeindruckt. Meine älteren Schwestern. Nicht vergessen, was wir ihnen an Selbstgegenwart und an Gegenwart in der Welt verdanken, all diesen Frauen und Männern, die in jenen Jahren das Ganze auf den Kopf gestellt haben.

Dann geht's nach Polen. Berlin war nur eine Etappe, was werden wir in Polen machen? Selbst sehen, warum der Spruch »wir wollen nicht wie in Polen leben« zutraf, wie es eine zu Hause herumliegende Broschüre der proletarischen Linken proklamierte: zweiunddreißig Seiten, eine Beilage von *La Cause du peuple* Nr. 21, im März als Bilanz über den »Kampf bei Renault« erschienen, der vor den Toren von La Régie durch den Mord an einem militanten Aktivisten von dreiundzwanzig Jahren ausgelöst wurde, den der CGT-Sekretär bei Renault einen »als Maoist getarnten Mann mit faschistischem Hintergrund« genannt hatte. Das ist schon seltsam mit der Sprache, und wie sie von allen Seiten in Anspruch genommen wird, um die Dinge, die uns entgleiten, in die Form von Worten zu gießen, die man beherrscht oder zumindest glaubt zu beherrschen, denn letztlich drücken sie immer etwas anderes aus, als man glaubte, und manchmal sogar eine Wahrheit! Dieses kleine Spiel beherrschen gewisse Leute besonders gut, wie man hier sieht. Und es stimmt schon, wir wollen nicht wie in Polen leben noch wie in Ost-Berlin noch wie in der Tschechoslowakei, selbst wenn wir daran schon vor unserer Abreise keine Zweifel hegten, so sind wir uns dessen bei der Rückkehr absolut sicher. Besonders ein kleines Detail beeindruckt mich am Grenzübergang – ich erinnere daran, dass ich zwölf bin – auf der Strecke Berlin–Stettin, wenige Kilometer bevor wir die Oder überqueren, die ab Gryfino keine Grenzmarkierung mehr ist, sowohl ihre Mündung als auch der Stettiner Hafen liegen auf polnischem Territorium: nicht nur, dass wir ziemlich lange warten und unsere Papiere und Visen ebenso wie unsere Gepäckstücke und Gesichter genauestens unter die Lupe genommen werden, sondern es steuert auch noch ein Grenzer mit einer Art kleiner Sackkarre, zwischen deren Rädern ein Spiegel klebt, auf uns zu. Das seltsame Gefährt schiebt er unter unseren Wagen und tastet das vom Spiegel reflektierte Bild mit den Augen ab, um auf diese Weise zu überprüfen, ob wir nicht zwischen den Achsen und dem Auspuff ein ... fixiert haben. Ein was eigentlich? Mit was hätten wir uns ausstatten können, das radikal gegen die den Grenzübergang bestimmenden Regeln verstoßen würde? Ich hatte nicht die leiseste Ahnung, beobachtete aber fasziniert den Vollzug dieses Rituals pedantischer Kontrolle, ausgeführt mit einer ans Düstere grenzenden Ernsthaftigkeit. Natürlich bedeutete unter diesen

Umständen das, was es auf der anderen Seite zu sehen geben würde, für mich nicht nur ein anderes Land, eine andere Sprache, andere Leute, sondern eine geheimnisvolle Welt, in der es angebracht schien, stets ein wenig auf der Hut zu sein. Es war der Eiserne Vorhang, zweiunddreißig Jahre nach dem Einmarsch der Nazi-Wehrmacht und fünfunddreißig Jahre vor der Ratifizierung des Schengener Abkommens durch ebendieses Polen. Eine solche Art von Spagat, das zählt in einem Leben.

Wir starten in Stettin und fahren dann in kleinen Etappen die Ostseeküste entlang bis Danzig. Achtzehn Monate vorher, im Dezember 1970, waren, ausgelöst durch drastische Preiserhöhungen für Lebensmittel und Gegenstände des täglichen Bedarfs, in diesen Küstenstädten eine Folge von Aufständen ausgebrochen, die auf Befehl Gomułkas mit massivem Militäreinsatz niedergeschlagen wurden, schießen wir auf die Horde ausgehungerter Hunde und Schwamm drüber, man weiß eigentlich nicht genau, wie viele ihr Leben auf den Straßen von Gdynia verloren, Dutzende, Hunderte? Hunde. Dennoch kostete die Sache Gomułka sein Amt als Generalsekretär der Partei, von Moskau durch Gierek ersetzt, der wiederum acht Jahre nach unserer Durchreise unter dem Einfluss des gleichzeitigen Auftauchens von Solidarność in Danzig und Karol Wojtyła in Rom verjagt wird. *Sic transit* ... Die

Leute hatten schlicht und ergreifend nicht genug zu essen. Das bekamen wir schnell mit, denn da es nur wenige Hotels gab, übernachteten wir meist in Privatunterkünften, beispielsweise in Słupsk, ich erinnere mich vor allem wegen dieses Namens, der mich bezauberte, noch an die Stadt. Es war, fern von Theorien, Plänen, Entscheidungen, ziemlich lehrreich: überall halbleere Geschäfte und kaum etwas, um die Teller zu füllen, was bedeutet, der Alltag ist schwierig und steht hauptsächlich unter dem Vorzeichen der Nahrungsbeschaffung. Mit zwölf Jahren ist das extrem einfach zu kapieren, zumal es dich, wenn du in Paris aufgewachsen bist, verblüfft. Acht Jahre später in Moskau werde ich das Gleiche wieder mitansehen, dieses Sich-durchschlagen-Müssen, die endlosen Stunden in den Warteschlangen vor den Geschäften, die allmählich aufgezehrte Energie. Stimmt, wir wollen nicht wie in Polen leben, aber wir fahren nach Polen, um uns Gewissheit zu verschaffen, weil wir zutiefst zweifeln, weil wir zwar ebenso zutiefst antistalinistisch, nicht aber grundsätzlich antikommunistisch sein können, irgendetwas in uns weigert sich, mit dem reaktionären Pack gleichgesetzt zu werden, das bereit ist, auf alles zu schießen, was rot ist, wir haben Marx gelesen, wir wissen, welche Perspektive sich eröffnet und dass es zum ersten Mal in der Geschichte keine Hundeperspektive ist. Aber was hätten meine Eltern diesen Leuten, die sich ein Bein ausrissen, um uns bei sich aufzunehmen und von denen einige sehr gut Französisch sprachen, denn schon sagen können? Dass es ihnen leidtat, sie fallengelassen zu haben, sie und ihre tschechischen, ungarischen, bulgarischen, rumänischen, jugoslawischen, albanischen Kameraden? Oder dass es auf der anderen Seite des Vorhangs viele gab, die auf tiefgreifende Umwälzungen hofften, die alles neu aufrollen würden, dass wir uns darum bemühten? Keine Ahnung. Dagegen erinnere ich mich sehr genau an die Sympathie, die uns als Franzosen, überall wo wir hinkamen, entgegenschlug; nicht die Bohne nachtragend die Burschen.

Die Rumänen und die Bulgaren, denen ich fast zwanzig Jahre später begegnete, als ich mich, kurz nachdem die einen Ceaușescu, die anderen Schiwkow vom Sockel gestürzt hatten, für eine Weile bei ihnen aufhielt, waren es ebenso wenig und Frankreichs Beliebtheit noch immer ungebrochen. Allerdings steckten sie, verzeihen Sie den Ausdruck, bis zum Hals in der Scheiße. Klar konnten zwanzig weitere Jahre unter dem Regime, dessen Mangel ich – wenn auch nur fragmentarisch – in Polen erlebt hatte, zu nichts anderem als zum Scheitern führen, so dachten wir alle, wir im Westen, die wir die verschiedenen, die gesamte Dekade der siebziger Jahre über ausgegrabenen Kriegsbeile gezwungenermaßen wieder hatten begraben müssen, um zu sagen, dass wir nicht wie in Polen leben wollen, aber eben auch nicht so, wie man damals bei uns lebte, wenngleich aus ganz anderen Gründen, *weder Russen noch Amerikaner, und vor allem nicht wie Hunde*, dazwischen muss es doch noch etwas anderes geben. Aber das, was ich 1990 in Bulgarien und Rumänien zu sehen bekam, ich war dreißig und in der Umlaufbahn der Welt gab es zu viel Spiel, das ich versuchte zu regulieren, weil ich zu jener Zeit noch glaubte, irgendetwas regulieren zu können – dieses Spiel war natürlich die Aids-Epidemie, und da immer alles zusammenhängt, schwebte da oben in meinem Imaginären der Schatten des ersten Immigranten und dunkler, muskulöser Herrlichkeiten, fortan mit Verbot belegt und deshalb explosiver denn je zuvor, aufgeladen mit einer sexuellen Gewalt, die durch den Tod potenziert wurde –, das, was ich also dort 1990 zu sehen bekam, war kein Scheitern, sondern es war der endgültige Zusammenbruch. Verwüstete Gebiete, wo die Hunde um sich selbst, um ihren Hunger und Durst kreisen und um den Verlust ihrer ausgesetzten Leben, ich, der ich ein Produkt des Friedens und des Wohlstands bin, sagte mir, wahrscheinlich lässt der Krieg nach dem Ende der Kämpfe Länder wie Menschen immer zerstört zurück. In einem Zustand vollkommener physischer Erschöpfung und fortgeschrittener geistiger Zerrüttung, vernachlässigte Körper und verwirrte Geister. In dieser sehr besonderen Zwischenzeit, in der die Diktatur verschwunden ist, ohne bereits von irgendetwas anderem ersetzt worden zu sein – man nennt das, glaube ich, eine Machtvakanz –, in der die Entscheidungszentralen verschwunden, sämtliche ökonomischen, sozialen, intellektuellen Mechanismen noch erstarrt sind, schwankt der Mann auf der Straße zwischen der Möglichkeit, sich aufzuraffen, um vorwärtszukommen, und der Versuchung, die Erstarrung noch etwas auszukosten. Das ist der Augenblick, wo die Schlitzohren aus dem Boden schießen, die sich an allem vergreifen, was eine Möglichkeit der Bereicherung verspricht, man kann sie quasi auf der Straße erkennen, sie lecken sich die Lippen, ihre Augen funkeln, sie suchen sofort Kontakt, vor allem zu den Ausländern, denen sie Wechselkurse anbieten, die das letzte Restchen Staat vor Neid erblassen lassen, und wo jene, die Gefahr laufen, jetzt, wo der Deckel angehoben ist, einen kochend heißen Dampfstrahl abzubekommen, sich noch ein bisschen mehr krümmen und sich feindselig zeigen, vor allem gegen die Ausländer, denen sie aufgebracht klarzumachen versuchen, dass sie an dieser flächendeckenden Misswirtschaft keinen Anteil haben, selbst wenn man sie gar nichts fragt. Ein besseres Morgen, das können wir alle aus verschiedensten Gründen knicken.

Die Mailänder Scala eröffnete die Opernsaison 1969 bis 1970 traditionsgemäß am 7. Dezember mit Verdis *Ernani*, den Placido Domingo sang, der Premiere folgte am 12. ein großer Ball auf der Piazza Fontana, sechshundertfünfzig Meter von der Oper entfernt, ein Geschenk an das ganze Land von der nur stümperhaft als anarchistisch getarnten, nebulösen italienischen neofaschistischen Vereinigung, aber da alle Ebenen des Staates das Ihrige dazu beitrugen, funktionierte der Trick, und die Nebelvorhänge, die seitdem unermüdlich über diese Szene herabgelassen wurden, taten ebenfalls Wirkung, denn fünfundvierzig Jahre nach dem Anschlag sind die Schuldigen noch immer nicht offiziell identifiziert. *Pier Paolo Pasolini kaum sechs Jahre später von einer jungen Schönheit an den Strand gelockt, dann schändlich zugerichtet von einem, zwei, drei Angreifern?, zu Tode geprügelt und über den Boden geschleift, über den eisigen Sand, dann den Körper verstümmelt, offenbar sogar mehrmals mit dem Auto überrollt, schwuler Hund, Pasolini dreiundfünfzig Jahre alt: Ich weiß Bescheid. Ich kenne die Namen der Verantwortlichen des Massakers von Mailand. Ich kenne die Namen der Verantwortlichen für die Massaker von Brescia und von Bologna der frühen Monate des Jahres 1974.* Io so. Man ist wahrlich nicht zimperlich gewesen, Schluss mit den Walzern und Wiener Hofknicksen, dieses Mal hat man gleich einen Foxtrott aufs Parkett gelegt und wilde Jigs, nicht wie diese Trampel von Deutschen, gerade mal fähig, einen einzigen Linken umzulegen, klammheimlich in einem Hinterhof, während ein lächerliches Orchester Mozart herunterleierte, und es sich dabei mit dem halben Land zu verderben, nein, wir wollen den ganz großen Zirkus veranstalten, vor allem zur zwangsläufig im ersten Augenblick aufkommenden Verwirrung noch mehr Verwirrung stiften, immer noch mehr Verwirrung, um sicherzustellen, dass kein Mensch mehr durchblickt, außer diesem friaulischen Stänkerer und Schwanzlutscher und noch ein paar anderen, um die werden wir uns später kümmern. Siebzehn Tote neunundachtzig Verletzte, die große Eingangshalle der Banca Nazionale dell'Agricoltura verwüstet, eine nicht gerade appetitanregende Mixtur aus Blut Glas Eingeweiden Beton Fleisch Schrott, das Wehklagen den Tod anheulender Hunde, ein Glück, dass wir in Frieden leben und der Papst für uns betet. Der Ball nennt sich »Strategie der Spannung«, er wird von unvergleichlichen Tänzern abgehalten, gut zehn Jahre dauern, Hunderte von Toten und Verletzten hinterlassen. Bei seiner Eröffnung bin ich neun Jahre alt und weiß nichts, als er seinen Höhepunkt erreicht, bin ich achtzehn in Rom mit Massimo beschäftigt, wir sind mitten in einer Tragödie und haben Einfluss auf nichts, wozu nützt es zu denken, zu wollen oder sogar zu begehren, wenn wir nichts anderes sind als Rädchen im Getriebe, Hindernisse, Knechte oder Hunde, wenn wir unfähig sind, unsere Leben mit der Ordnung der Welt in Einklang zu bringen?

Der Autobus auf der Brücke im Jahr 1974 in Billancourt, ich bin vierzehn, wir sitzen nebeneinander, er und ich, er fährt wahrscheinlich zur Arbeit, ich halte meine Schultasche umklammert, er stupst mich mit dem Knie, noch nie hat jemand so etwas mit mir gemacht, ich weiß nicht einmal, dass es möglich ist, den Körper eines anderen berühren, nicht aus Versehen, sondern aus Begehren, an einem öffentlichen Ort, dennoch weiß ich sofort, worum es geht, mein Mund ist ausgetrocknet, mein Herz rast, ich tue so, als bemerkte ich nichts. Bin kein von einem perversen Raubtier begehrtes Lamm, ich werde ich selbst. Dass ich woandershin schaue, scheint ihn zu reizen, er riskiert mehr, wechselt den Platz, setzt sich mir gegenüber, der Bus ist fast leer, noch immer fährt er über den Pont de Billancourt, an diesem Tag hat es Stunden gedauert, die Seine zu überqueren, die Zeit stand still, auch wenn überall weiter gestorben wurde, *kann sein, es war der 28. Mai, der Tag des Attentats auf die Piazza della Loggia in Brescia, acht Tote auf den Pflastersteinen, dreihundert Verletzte auf den Straßen, oder es war im Herbst, der 9. November, Holger Meins dreiunddreißig Jahre nur noch Haut und Knochen Mitglied der Rote Armee Fraktion im Gefängnis von Wittlich in Rheinland-Pfalz stirbt an den Folgen eines dreiundfünfzig Tage dauernden Hungerstreiks*, beim Hinsetzen berührt er flüchtig mein Knie und fängt meinen Blick ein, sitzt mit gespreizten Beinen, präsentiert seinen Schritt, streicht darüber, damit ich Maß nehmen kann, doch auch da fehlt mir der Anhaltspunkt, der Vergleich, aber ich begreife augenblicklich, um wie viel es geht und was mit mir passieren wird, wenn ich ihm folge, denn jetzt steht er auf, um auszusteigen, der Bus kommt endlich am anderen Ufer an, es ist so weit, ich glaube, ich bin ich selbst. Ich werde ihm nicht bis ans Ende folgen, es tut mir immer noch leid für ihn und sein dringendes Verlangen, mit mir seinen Samen zu verspritzen, aber ich bin ich selbst, und das lässt mich einen Augenblick lang taumeln, oben an den Stufen, die hinunter zu dieser Klappe führen, ich komme zu Hause an, mein Körper noch zerrissener, als wenn er mich tatsächlich gevögelt hätte. Erst wird man alles zerschlagen müssen, erst muss die Welt sich beugen oder sich öffnen, und ich werde dort mein Verlangen hineinstoßen und die Entschädigung für all das, was den Männern angetan wird, die man ausbeutet. Es ist schon vierzig Jahre her, es hat nie aufgehört, es wird immer Ausgebeutete geben, deren Lust befriedigt werden muss, und damit es aufhört, müsste man die zur Fronarbeit verpflichteten Männer und die Nutten töten, wie Hunde. Man setzt alles daran, aber so etwas braucht Zeit, und da sie weniger zahlreich sind und einen noch schlechteren Ruf haben, fängt man mit den Nutten an.

Ehe ich mich in das große Abenteuer der fremden Körper stürzte, blieb ich am Rand stehen und fragte mich, wie ich das anstellen sollte, zumal ich ja nicht fähig gewesen war, dem Karosseriebauer, Monteur, Mechaniker, dem Heizer zu folgen, der mich einlud, indem er ins Blickfeld meines Begehrens diesen für immer unberührten Körper rückte, der mir den Weg wies. 1975, da kommt Martin ins Spiel, fünfzehn Jahre alt wie ich, bei der Rückkehr aus Italien zum Beginn des neuen Schuljahrs im Gymnasium kennengelernt, und als Jugendgeschenk unsere Körper zum gegenseitigen Erforschen, um uns auf den Kopfsprung vorzubereiten. Der blonde Martin schon ganz sicher und fest auf den Beinen, mit Herzblut bei der Sache und mit Ernst bei der Lehre, mit Mechanik kennen Jungs sich aus, und aus gutem Grund. Man weiß noch nichts, aber man ahnt alles voraus, Erinnerung aus den Tiefen der Zeit, so dass man nicht wirklich lernt, weil man es ja eigentlich weiß, man entdeckt, dass man es weiß: All das, wozu unsere Münder, unsere Zungen, unsere Ärsche, unsere geschmeidigen Bewegungen und Atemzüge noch taugen, die Säfte, die man produziert, und die mysteriösen Orte, von wo der Wind sich früh erhebt und bewirkt, dass man sich aufbäumt, sich biegt, sich beugt, dass man weint, das Gesicht verzieht und lacht, dass man gewährt und fleht, dass man seine Scham, seine Rückzieher, seine Neigungen daran auslotet, was der andere, direkt gegenüber, uns widerspiegelt, was er uns schenkt, uns raubt und zum Einsatz bringt. Natürlich ist all das ziemlich hitzig, in groben

Zügen ausgeführt, überhastet, der Rest der Sache besteht darin, nach und nach die Beherrschung über seine Leidenschaft zu gewinnen und die Gebärden zu bändigen, einen Wunsch zu präzisieren, einem Verlangen Nachdruck zu verleihen – der Rest der Sache in den Händen der Zeit. Hauptsache keine Liebe! Das wäre ein Nebel, der die Maschinerie, den Prozess verschleiert, eine Art Dunst, der einen zwingt, die Beute loszulassen, um den Schatten aufzusuchen, was bedeutet, alles zu verlieren. Liebe liegt in den Händen der Zeit, mit fünfzehn Jahren haben weder Martin noch ich irgendetwas mit der Zeit am Hut, gerade deshalb verkoppeln wir unsere Körper mit dieser Gewissheit, dass alles in die Luft fliegen muss, wenn wir eine Chance haben wollen, die Mechanismen der Ungerechtigkeiten und der Lüste auf den Kopf zu stellen und diese Männer, die uns erschüttern, für ihr Elend, ihren Dreck und ihr Hundeschicksal zu entschädigen, indem wir uns ihnen direkt vor der Nase der Ausbeuter hingeben, damit zur Kenntnis genommen wird, dass sie uns zumindest unsere Lust nicht nehmen können. Martin ist abgegangen wie eine Rakete, ist mir immer einen Schritt voraus, denn anders als ich hat er eine offene Rechnung zu begleichen, er ist der Sohn von Katholen, Reaktionären, Faschos sagt er, er wagt alles. Was unser wechselseitiges Lernen angeht, haben wir uns eine Art *Philosophie im Boudoir home-made* zurechtgebastelt. Auch das will ich versuchen zu erzählen. Martin starb an Aids, 1989, am Tag als die Mauer fiel, gerade mal dreißig Jahre alt, von seiner Familie verstoßen. Wie ein Hund. Alles ergibt einen Sinn für den, der in Trauer versinkt. Ich werde als Waise sterben für immer untröstlich über den Verlust seines Körpers, untröstlich, nicht an seiner statt tot zu sein und er am Leben, untröstlich, dem Immigranten der Brücke nicht den Schutz meines Mundes geschenkt zu haben, wir sterben untröstlich, wenn wir nur genügend Zeit in den Händen der Zeit verbringen.

Von denen, die in diesen Jahren fielen, deren Körper für kurze Zeit auf den Straßen Deutschlands, Italiens und Frankreichs verstreut lagen, ehe sie weggeschafft, obduziert, zurückgegeben, beerdigt oder verbrannt wurden, blieb keinem die Zeit, über was auch immer untröstlich zu sein, zumindest wünsche ich ihnen das. Sie hatten nicht mehr die Gelegenheit zu sehen, dass sich die Weltachse leicht nach rechts verschob, zu erkennen, dass die Sicht nicht mehr genau die war, die sich ihnen ursprünglich, in der Stunde der Aktion geboten hatte, diese Kluft sich unter ihren Schritten öffnen zu spüren, die so viele verschlang. Alles ist zu schnell gegangen. Dabei hatten sie sich doch wahrlich an Abgründen entlang bewegt, aber es waren die bekannten, wie sie die vorgefundene Welt bot. Kein falsches Spiel in der Luft, die pure Gewalt, von überall erkennbar: die sogenannte legitime Gewalt des Staates, die sogenannte terroristische Gewalt derer, die die Legitimität der aus dem Krieg geborenen Regime, in denen es von Nazis, Faschisten, Kollaborateuren nur so wimmelte – alle in ihren ökonomischen Bemühungen und antikommunistischen Machenschaften vereint –, rigoros in Frage stellten. Und dazwischen nichts. Zehn Jahre lang haben wir euch nicht einen Augenblick in Frieden gelassen. Noch heute zahlen wir dafür, noch immer ist die Wut gewaltig.

1976 sind wir nicht bereit zu akzeptieren, dass unsere Zukunft als Schwule entweder den Kerker von Reading oder den Strand von Ostia bedeuten muss, in unseren Umhängetaschen tragen wir Rimbaud und Genet mit uns herum, träumen von den »kraftvollen Fickern«, die sich bei de Sade keineswegs sträuben, die Jungs ebenso anzupacken, wie sie die Mädchen bedienen, von dem bevorstehenden Massaker ahnen wir nichts; wir werden fünf Jahre gehabt haben, nicht eines mehr, um unsere Körper zu entdecken und mit ihnen die von unseren geliebten Älteren freigelegten Steilhänge hinunterzujagen, bevor wir uns gezwungen sehen, sie entweder verteidigen zu müssen oder aber in den Tod gleiten zu lassen. Die kurze Zeit mit Martin, Frühling 76: Seit zwei Jahren schon spüre ich in mir, obwohl ich ziemlich genau weiß, was ich will, die unheilvolle Lähmung der Adoleszenz aufsteigen, ich kann sie nicht alleine bekämpfen; in dreizehn Jahren wird jene Welt, die zwischen 68 und 72 langsam aus dem Nebel meiner Kindheit heraus- und in mein Bewusstsein eintrat, beginnen, in die Vergessenheit abzugleiten, dort in Berlin, mit den Tausenden von Menschen, die sich am Grenzübergang Bornholmer Straße in der Nacht vom 9. auf den 10. November 89 drängen werden, und hier in Paris, wo ich von Trauer überwältigt erleben werde, wie Martin in einem letzten Atemzug, der noch immer leise in meiner Ohrmuschel nachklingt, sein Leben aushaucht. Welch kurze Zeit und welche Freude darüber, in Martin das Gegengift gegen die Lähmung, den perfekten Gefährten blonder Entdeckungen gefunden zu haben. Martin, das genaue Gegenteil von mir und überhaupt nicht mein Typ: nicht sehr groß, aber total kräftig gebaut, runde Schultern, gerader, auch weich gerundeter Oberkörper, Schenkel, einen Schwanz und einen Hintern, die man endlos kneten wollte, so sehr kamen die Handflächen dabei auf ihre Kosten, und dieses gewisse Etwas von Gier und Geschmeidigkeit in den Augen und diese Art, sich dabei auf dem Boden wie zu verwurzeln, die seinen Charme noch potenzierte. Und blond, unbehaart mit Ausnahme des feinen lockigen Flaums auf seinen Schenkeln. Ein perfektes Lehrbuch. Wie konnte nur ich, der ich überall eher Ecken habe, Kanten, flache Muskeln und schwarzes Haar, in seinem Leben in etwa die gleiche Rolle spielen wie er in meinem, ich habe es ihn niemals gefragt. Mut macht Übermut, und beim Herumbalgen verwandelten wir einen Zank in eine Umarmung, die von Anfang an ohne Leidenschaft war – ich meine, nicht mit den Rätseln unbestimmter Gefühle umhüllt, die einen wehrlos den hochexplosiven Finessen gegenseitiger Aufrechnungen ausliefern –, aber voller Hingabe. Seine Zunge in meinem Mund, frisch und wie ein Bogen gespannt, neugierig, forsch, seine Zähne auf meinen Lippen, dann im nächsten Moment und bruchlos, beide vollkommen nackt, Martin kniefällig vor mir, nimmt mich in seinen Mund, die Sinne auf der Lauer, der Geist neugierig, Und wenn ich meine Hand dahin lege, ist das auch gut?, und ich führe ganz natürlich, ohne dass ich weiß, woher es kommt, seine Bewegung mit sicheren Gesten, ich gleite in seinen Mund, verschwinde vollständig darin, komme bebend wieder heraus, er richtet sich auf und beugt mich nieder, Du bist an der Reihe, sagt er, Und wenn ich meine Zunge auf diese Hautfalte lege, ist das auch gut? Ja, sagt er, mach weiter (und spricht damit ein Schlüsselwort bei der Liebe aus). In diesem Alter bei unserem Tempo hält man nicht lange stand, sein ganzer Körper zieht sich zusammen, verdichtet sich, Sieh an, das ist ziemlich gut, und warm, ein bisschen sauer, schluck runter, flüstert er voll Staunen, es heißt, es schmeckt süß, stimmt das? Ich habe mich im selben Moment von ganz allein entladen, er kann mich ein andermal schmecken, und unsere Ärsche warten geduldig, bis wir sie mit der gleichen Verve auskundschaften. Wie roh das alles war, sagte ich schon. Martin, was für eine Konstruktion was für ein Beton was für eine Struktur … Fünf Jahre, wir hatten fünf Jahre.

Versuchen, wieder eine Art Ordnung in der Chronologie herzustellen, auch wenn sie eine Fiktion ist. Vor allem die der Zwischenzeiten, denn es hängt oft an Winzigkeiten! 1976 steige ich mit Martin in das große Spiel der Ärsche und der Politik ein; von ersteren werden wir ohne Rücksicht auf Verluste Gebrauch machen bis 81, also fünf Jahre, von der zweiten bis 78, also zwei Jahre; zwischen 78 und 81 entfernen wir uns wieder von ihr und tragen dadurch, ohne es zu sehen, zum Aufbrechen der Klüfte bei, in denen unsere älteren Brüder und somit ein Teil von uns bald verschwinden werden. In diesen drei Jahren sind wir also im übertragenen Sinn unsere eigenen Totengräber gewesen, bevor wir nach 81 auch im wörtlichen Sinn dazu wurden. Die Welt unserer sechzehn Jahre, die Welt, die ich auf dem Pont de Billancourt erahnt hatte, die auf den Straßen liegengelassene Körper, Pistolenschüsse, Kanonensalven plus grenzenlose, sie niederreißen wollende Ambitionen ausschwitzte und die geradeheraus, duftend und taufrisch, aus Martins Schenkeln emporschoss, sie brauchte noch acht Jahre, um ganz und gar unterzugehen. Diese Art von Umbruch zählt in einer Jugend, unserer Jugend. Es hängt von einem Nichts ab, einer kleinen Kursänderung der Welt auf ihrer Himmelsachse, für die wir immer eine Quantité negligeable sind, Kanonenfutter, Arbeitsfutter und Fickfutter, Hunde. Aber während dieser zwei Jahre, in denen wir von unserem Arsch wie auch von der Politik Gebrauch machten, was für eine Lust, Spannung, Hoffnung und was für ein Frieden, wie ich es seither nie wieder empfunden habe. Es ist keine Nostalgie, dieses Wort gehört ebenso wenig zu meinem Wortschatz wie das Wort Erotik, denn ich kann mit seiner Verschwommenheit nichts anfangen; doch ich versuche herauszufinden, wohin all das verschwunden ist, die tiefe Verwerfung freizulegen oder zumindest ihre Spur. Ich bin es Martin schuldig und all denen unter meinen älteren Brüdern und Schwestern in Frankreich, Deutschland und Italien, deren Leichen auf dem Boden der Zeit liegen oder die am Leben geblieben in den Alkohol, die Drogensucht oder die Depression flohen oder aber versuchten und es jeden Tag aufs Neue versuchen, authentisch zu bleiben, sich ohne viel Getöse darum zu bemühen, zu denken und zu leben, zu lieben und ihre Lüste zu leben, ohne auch nur einen Augenblick den dünnen Faden loszulassen, an dem sie spinnen, seit sie ihre Augen für die Welt öffneten.

Ich vergesse Polen nicht, komme aber für einen Augenblick auf die Seiten der Tanzkarten dieser intensiven, auf den Tag genau zwei Jahre zurück: Vom Tod Ulrike

Meinhofs zweiundvierzig Jahre erhängt in ihrer Zelle im Gefängnis Stuttgart-Stammheim am 9. Mai 1976 zu dem Aldo Moros zweiundsechzig Jahre exekutiert im Kofferraum eines R4 auf dem hinteren Stellplatz einer Garage in Rom am 9. Mai 1978. Dazwischen zünden unsere Nachbarn ein Feuerwerk. Jenseits des Rheins erreicht es seinen Höhepunkt im Herbst 77 mit der Entführung Hanns Martin Schleyers zweiundsechzig Jahre, Boss der Bosse und obendrein ehemaliger SS-Mann, mit der Entführung einer Boeing der Lufthansa, ursprünglich auf dem Flug von Palma gen Frankfurt, nach Mogadischu und dem Tod durch Erhängen von Gudrun Ensslin siebenunddreißig Jahre, dem durch Erschießen von Andreas Baader vierunddreißig Jahre und Jan-Carl Raspe dreiunddreißig Jahre in ihren Gefängniszellen in Stuttgart-Stammheim. Auf der anderen Seite der Alpen gerät es unter freiem Himmel mit der großen Autonomiebewegung von 1977 völlig außer Kontrolle, Ballett-Reigen von Demonstrationen und wahnsinnige Repressionen, Ermordung von Francesco Lo Russo Aktivist der Lotta Continua fünfundzwanzig Jahre in Bologna am 11. März wie ein Hund auf der Straße durch die Carabinieri, von Giorgiana Masi Studentin neunzehn Jahre in Rom am 12. Mai, von Walter Rossi Aktivist der Lotta Continua zwanzig Jahre am 30. September in Rom durch ein Kommando der extremen Rechten, und im Untergrund der Schatten der Roten Brigaden.

Geradezu eine Verkettung. In Frankreich hatte der Tod von Pierre Overney 1972 den in Gang gesetzten Prozess hin zum bewaffneten Kampf nicht beschleunigt, sondern vielmehr gestoppt, 1977 haben sich die Akteure der Ereignisse zurückgezogen oder suchen nach alternativen Aktionsformen, einige von ihnen, die bei den Noyaux armés pour l'autonomie populaire neu gruppiert sind, exekutieren dennoch am 23. März Jean-Antoine Tramoni zweiundvierzig Jahre Inhaber einer Fahrschule Ex-Wachmann bei Renault und Mörder Pierre Overneys; der Sommer ist eher auf den Anti-Atom-Kampf konzentriert – in Creys-Malville im Juli unter den sechzigtausend Demonstranten gegen das heute zerschlagene Projekt eines Schnellen Brüters ein Toter, Vital Michalon einunddreißig Jahre die Lungen zerborsten von einer Offensivgranate wie ein Hund auf einem Flecken im nassen Gras – und auf die antimilitärische Aktion mit einer Großdemonstration auf dem Lazarc im August. Unzählige Zuckungen noch, ein sich hinschleppender Todeskampf, doch Anfang der achtziger Jahre ein Scheitern auf der ganzen Linie für die europäische Jugend, die nicht hervorkommen sehen wollte, was heute überall hervorgekommen ist, überall regiert, ich mittendrin auf Zehenspitzen und Martin alsbald tot.

Die Chronologien wie die Fiktionen schnüren einem manchmal die Kehle zusammen, wenn man sie als solche betrachtet, wenn man sie durchmisst, wie einer, der auf der Suche nach der Lösung eines bestimmten Problems ruhelos auf und ab läuft. *Entweder du bist ein Teil des Problems oder ein Teil der Lösung. Dazwischen gibt es nichts.* Im jeweiligen Augenblick stellt sich natürlich niemand die Frage, bis zu welchem Erstickungsgrad die Realität uns den Hals zuschnürt, selbst wenn man ahnt, manchmal könnte die Luft knapp werden. Man lebt und man handelt. Ich bin nach Polen gereist, ich habe diese Toten auf den Straßen der Länder im Frieden gesehen, mein Blick folgte dem vom Staat erhobenen Zeigefinger und meine Ohren vernahmen den kürzer werdenden Atem derer, die ihn angriffen. Mir war bewusst, dass mein Begehren dahin strebte, wo es Prinzipien zermalmen und Zähneknirschen hervorrufen würde, vorausgesetzt, ich lebte es entsprechend aus. Martin hat mir gesagt, Also, so geht es, und ich habe zu Martin gesagt, Also, so geht es, und gemeinsam ging es. Heute bin ich alleine, und ich muss tief Luft holen, eine Limonade trinken, nach Polen zurückkehren.

Es ist alles gelaufen Ende 1977 in Deutschland mit dem Tod der Gefangenen in Stammheim, dem des obersten Arbeitgebers und Ex-SS-Manns Hanns Martin Schleyer aufgefunden im Kofferraum eines Autos in Mülhausen Frankreich, der blutigen Flugzeugentführung von Mogadischu. Das bedeutet nicht, dass die Köpfe aufgehört haben zu denken, die Körper zu handeln, die Träume aufzubrausen, aber es ist gelaufen. Die furchtbare historische Distanz, die uns die Geschichte aufzwingt, diktiert diese Worte: Es ist gelaufen, das heißt verloren.

Es ist alles gelaufen Ende 1978 in Italien nach der Ermordung Aldo Moros durch die Roten Brigaden, aufgefunden im Kofferraum eines Autos in der Via Caetani in Rom. Das bedeutet nicht, dass die Köpfe aufgehört haben zu denken, die Körper zu handeln, die Träume aufzubrausen, aber es ist gelaufen. Natürlich wird es noch Tote geben, Italien hat eine klangvolle Partitur dargeboten, es hat Zugaben gespielt, verliert sich in Wiederholungen, auch heute noch reagiert es diesbezüglich hochempfindlich. Aber es ist verloren, gelaufen, genau in diesem Augenblick.

Am 13. Januar 1979 melden sich die französischen Autonomen mit einer Serie symbolischer Zerstörungen von Schaufenstern und Kinoscheiben im Quartier der Gare Saint-Lazare, untermalt durch zahlreiche Aktionen zur Wiederaneignung materieller Güter, die von den Medien als »Plünderungen« bezeichnet werden, dann am 23. März gehen sie zur Aktion in größerem Umfang über, indem sie anlässlich eines riesigen Aufmarschs Lothringer Stahlarbeiter ein wahnsinniges Chaos anrichten, diese waren nach Paris gekommen, um gegen die Zerstörung ihrer

Industrie, die einst den Wohlstand des Nordens und des Ostens begründet hatte, zu protestieren, Zerstörung, die die sozialistische Regierung François Mitterrands einige Jahre später unter dem Druck der Transformation der Produktionsweise vollenden wird. Am 1. Mai erscheint mit dem Beschuss des Sitzes der CNPF die Action Directe auf der Bildfläche, und am 20. September wird Pierre Goldmann auf der Straße abgeknallt wie ein Hund von einem Kommando namens »Ehre der Polizei«. Pierre Goldmann, der von noch vorher, von noch anderswoher kam und der doch hier endete. Nun, es war gelaufen, und zwar komplett gelaufen, aber nicht nur die furchtbare historische Distanz besagte dies.

Wir dachten das auch, Verlorene Sache vergiss es, hatte Martin zu mir gesagt, nicht nur, dass diese Typen Kasperl sind, sondern seien wir doch ehrlich, hinzu kommt, dass wir einfach nicht die Eier dafür haben, oder siehst du uns mit Knarren rumlaufen, Schätzchen? Martins martialisch tuntige Ausdrucksweise, die bewusst und zum Spott den Hetero-Tölpel nachäffte, doch von einem unerbittlichen Scharfsinn zeugte. Es war 1977 im Frühling, wir schwankten, ob wir uns politisch engagieren sollten, wenn ja, dann machen wir bei den Autonomen mit, wir kannten einige von ihnen, oder aber wir starten selbst den Versuch, eine Gruppe autonomer Tunten zu gründen, einfach nur um alle zu nerven. Und weil die Autonomen mehr als unsere manchmal verklemmten älteren Brüder, das muss mal gesagt werden, den Körper nicht ausblenden, sondern ihn im Wissen, dass er ein Herzstück des Spiels ist, in der Mitte des Spielfelds platzieren und so Splittergruppen der fünf Jahre zuvor in Erscheinung getretenen Homosexuellenbewegung weitgehend akzeptieren und integrieren, wie ich es auch in Italien mit Massimo und seinem Mitwirken bei *Fuori!* erleben werde. Übrigens ist es gar keine Frage von Akzeptanz oder Ablehnung, denn die Autonomiebewegung basiert ja gerade auf dem Prinzip vager Zugehörigkeiten, undeutlicher Konturen, der Verweigerung einheitlicher Positionen, dem unglaublichen Risiko der Zersplitterung. Es ist also unsere Stunde, aber irgendetwas in unserem Innern flüstert, dass es gelaufen ist, da ist kein Rausch, keine untrügliche, uns zu klaren Entscheidungen führende Intuition, die Welt hat ihre Position leicht verschoben, was wir, so beschäftigt wie wir mit unseren Sexwerken waren, gar nicht mitbekommen haben – durch eure eigene Frivolität hinters Licht geführt, werden danach die Dogmatiker sagen, die zwar nicht besonders fickbar, aber sehr wortstark, unsere Bemühungen mit einer ihrer theoretischen Handbewegungen vom Tisch wischen, die allerdings selbst offenbar auch nichts mitbekommen hatten, denn ihre Reden ins Leere waren noch sehr viel weltverfremdender als unser

Rückgriff auf intensive sexuelle und politisch aufgeladene Betätigung.

Unsere älteren Brüder und Schwestern der Fhar hatten sich 1971 mit ihrer Erklärung in der Zeitung *Tout!* sehr weit aus dem Fenster gelehnt, und 1977 hatte sie nichts von ihrer Frechheit, ihrer Sprengkraft eingebüßt. Daraus bin ich gemacht, daraus, was sich an dem Tag, da ich ich selbst wurde, 1974 auf dem Pont de Billancourt abgespielt hat: Die Inkarnation einer revolutionierenden Idee in einem doppelten Körper, nicht dem des Königs, sondern dem des einfachen Mannes, des arbeitenden Mannes und des schwulen Mannes: »Wir sind mehr als 343 Schlampen. Wir haben uns von Arabern in den Arsch ficken lassen. Wir sind stolz darauf, und wir werden es wieder tun. Unterschreiben Sie und sammeln Sie Unterschriften in Ihrer Umgebung.« 1977 hätten Martin und ich das gerne unterschrieben, mit beiden Händen, aber es zirkulierte nicht mehr und wäre sowieso untergegangen, aufgelöst in dem Schlamm, der vor unseren Füßen zu sickern anfing und in dem nahezu alles, was man in Angriff nahm, steckenblieb. Es war schon allen egal. Also haben wir es einfach getan, ohne zu unterschreiben, schweigend, frei und ungebunden, auch mit Schwarzen, Spaniern, Portugiesen, Türken, Griechen, so unseren Tribut an die Volkswirtschaft zahlend. Das ist Europa: Wir erben von den

Schandtaten des Jahrhunderts, und sie ermöglichen uns, hier in Frieden und Wohlstand zu leben. Obszön ist nicht, dass wir ihnen unsere Ärsche hinhalten oder ihnen einen blasen, obszön ist, sie hierhergeholt zu haben, um sie wie Hunde zu behandeln. Es sind weder die Nutten noch die Schwulen noch die Randalierer, die gegen die Moral handeln, sondern es sind die Gründer der Wohnungsbaugesellschaft *Sonacotra*, die Verwalter der Elendsviertel, die im Schatten der Versammlungen mauschelnde Justiz, die im Schatten der Wähler mauschelnden Versammlungen.

Antoine, Martins älterer Bruder, war einer dieser »Kasperl«, über die wir vermehrt Kontakt mit einer kleinen Gruppe Autonomer hatten, von denen einige in den besetzten Häusern im 14. Arrondissement lebten. Martins feine saubere katholische Familie hatte nur räudige Schafe hervorgebracht: Eine Art langhaarigen Anarchisten, entschlossen, sich für die Sache zu schlagen, ebenso dunkel, wie sein Bruder blond war, waschechter Hetero, gestandener Pfaffenfresser mit gesundem Appetit, brillanter von der Geschichte verblendeter Kopf, und einen jungen Schwulen, in dessen Körper eines potentiellen Rugbyspielers sich eine Tunte von vollendeter Anmut und mit umwerfendem Humor versteckte, nicht die Bohne verblendet. Noch heute müssen sich diese Eltern im Grabe umdrehen, und um ehrlich zu sein, wünsche ich ihnen, sie müssten dies von Ewigkeit zu Ewigkeit (wie es so schön heißt) tun, so widerwärtig war ihre Verachtung dem sterbenden Martin gegenüber. Ihr eigener Sohn galt ihnen nicht als ihr Nächster, sie wünschten sich ihn als ihren Nachfolger, er hatte beschlossen, ihr Anderer zu sein. In einer Abstellkammer der Salpêtrière haben sie ihn krepieren lassen wie einen Hund, ohne sich je zu fragen, wo ich ihn begraben habe. Nicht bei ihnen auf jeden Fall, noch bei den Vorfahren, die einen gewissen Duft nach Kollaboration und Antisemitismus ausströmen dürften. Was denn, da habt ihr uns schon auf die Bühne bestellt, um den Frieden zu feiern und die Harmonie eines schönen, der vielen Irrwege müden Kontinents wiederzufinden, nun sollen wir auch noch die Glocken läuten und uns stolz ein schönes X für ein abscheuliches U vormachen lassen? Fickt euch alle!

Wir werden euch nicht einen Augenblick in Frieden lassen, solange ihr schwankt. Es hat zehn Jahre gedauert, es hat euch verändert, ihr seid heute noch durchtriebener, als ihr gestern gehässig wart, und wir sind besiegt, und wir sind eingeknickt, und wir suchen in unseren Herzen, im Knick unserer Gehirne, den Mäandern unserer Gefühle unaufhörlich nach dem Grund dieses Scheiterns, nach dem Anteil, den wir daran hatten, wir sind Menschen, die ihre Verantwortung übernehmen. *Uomini e no.* Ihr

Menschen dieser Staaten, kleiner und großer, dieser Kirchen, dieser Paläste und dieser Offizinen, Entscheidungsträger und Befehlsempfänger, nicht einen Augenblick lang habt ihr, als ihr die Eröffnung dieser schönen Ballsaison ausrieft, an diejenigen gedacht, die sich freudig durch die großen Flügeltüren hinein in die Prunksäle stürzen, in denen die Orchester brillieren, um blutüberströmt wieder herauszukommen, zerstückelt und blind, durchlöchert vom zersplitterten Glas der Staatsräson, nie habt ihr auch nur den Schatten eines Bedauerns empfunden, Not kennt kein Gebot. Francesco Cossiga, zum Zeitpunkt der Affäre Aldo Moro fünfzig Jahre, als er die Geschichte erzählt achtundsiebzig, Innenminister und – im Tandem mit Andreotti – Führer des italienischen Staates während dieser Entführung, dieser Freiheitsberaubung, dieses Mordes, der ganz offensichtlich vielen Leuten gelegen kam, wagt es vor laufender Kamera, seinen furchtbaren Kummer über diese Affäre zu beklagen, den Verlust seines Freundes, des hochverehrten *onorevole* Aldo Moro, und weiße Flecken auf seinen Händen und Armen als Beweis seines heftigen, unendlichen, unauslöschlichen, sogar in seinen Körper eingeschriebenen Schmerzes zur Schau zu stellen. *Uomini e no*, Menschen und andere, die, die in Kofferräumen sterben, und jene, die, wenn die Schande bis zum letzten Tropfen getrunken ist, noch den Boden des Glases auslecken und sich weiterhin über ihre dermalen Wehwehchen auslassen, obschon überall die zu Tode geprügelten Hunde wimmern. Die Obszönität findet sich zweifellos auf Seiten der Paläste, sie findet sich nicht in unseren Mündern, noch weniger in unseren Ärschen.

Das, was Martin ziemlich grausam auf den Punkt brachte, als er diese Handvoll Autonomen, um die wir eine Zeit lang kreisten, »Kasperl« nannte, war sicherlich ihr Mangel an Ehrgeiz und Strukturierung. Die schändliche historische Distanz, von der ich schon gesprochen habe, zwingt mich, allein und mit vierzig Jahren Abstand, festzuhalten, dass es ihre Isolation, unsere Isolation, war, die unsere mageren Anstrengungen gleich im Keim erstickte. 1977 zählte die italienische Autonomiebewegung Tausende von Frauen und Männern in ihren »Reihen« und konnte sich auf zehn Jahre politischer Kämpfe und auf Hunderttausende von zivilen Komplizenschaften stützen, die sich im städtischen Netz und menschlichen Gewebe verteilten, die das Italien jener Jahre ausmachten. Und die heftige, ja gewaltige Bestürzung, die einen nicht unerheblichen Teil der deutschen Gesellschaft bei der Todesnachricht der Anführer der Roten Armee Fraktion ergriff – ich komme noch darauf zurück, auch auf den Schock, der uns in Paris an diesem Tag in die Glieder fuhr, die innere Überzeugung, dass es sich um eine Hinrichtung bereits besiegter Feinde durch die öffentliche Gewalt handle, unser instinktives

Bedürfnis hinzufahren, um ihnen die letzte Ehre zu erweisen –, sie zeugte von einer Nähe, der die Propaganda, die es vorzog, was sich selbst Rote Armee Fraktion nannte, als »Baader-Meinhof-Bande« zu bezeichnen, weil das mehr nach gewöhnlichen Kriminellen klingt, nichts anhaben konnte. Hier bei uns nichts. 1977 nichts. Oder so gut wie nichts. Zusammenzucken, Zersplitterung, Zwist und ein unterschwelliger Groll gegen diejenigen, die 1972 entschieden hatten, die Eskalation zu verhindern. Wie wieder die Sprossen hochklettern, wenn man alles von neuem beginnen muss, den Boden wieder ebnen, die Basis konsolidieren, und wenn die Zeit uns drängt? In den Köpfen einiger derer, die unseren Vormarsch gestoppt hatten, arbeitete die Frage untergründig weiter wie ein Bedauern, doch als sie vorschlugen, das Spiel wieder aufzunehmen, wie es ein Pamphlet aus dem Jahr 1974 beweist – von dem ich, als ich es vier Jahre später entdeckte, bereits wusste, dass es folgenlos geblieben war –, indem man »einen andauernden Krieg der Selbstverteidigung« der in informellen Gruppen zusammengeschlossenen »Volkskräfte« führe und den für viele Irrtümer verantwortlichen »Status des Berufsmilitanten abschaffe« – also nach dem autonomen Modell –, war der Schwung schon dahin, die Entschlossenheit verloren, die Unterstützung in Unschlüssigkeit versandet, und wieder war gerade bei den »Kasperln« das lebendigste Denken zu finden.

Dann verteilen sich in den Straßen der Städte hier und da ein paar Gruppen, fluide, unkontrolliert, sie suchen die Auseinandersetzung, doch sind es wenige, und niemand, der hinter ihnen stünde, weder der Mann auf der Straße noch die Denker der Zeit noch gesellschaftliche Reflexion, und die Falle schnappt wieder zu: Entweder man ist gewöhnlicher Straffälliger oder Terrorist, dazwischen gibt es nichts. Vor allem keine Politik. Dabei ist das, was wir wollen, ein bisschen Politik dazwischen – zwischen den Menschen, zwischen den Körpern, zwischen der Stadt und denen, die in ihr leben, zwischen der Stadt und dem Land, zwischen den Männern und den Frauen, zwischen den Erwachsenen und den Kindern, zwischen unseren dunkelsten Begierden und unseren fröhlichsten Wonnen, zwischen den prallen Schwänzen der Männer und all den Öffnungen, wo sie das Verlangen überkommt, sich aufzulösen –, Politik, um in den kranken Städten zusammenzuleben, die wir vom 1945 geschlossenen Frieden geerbt haben, vom kalten Buffet, das in Jalta stattfand, und der Verteilung von Fleißpunkten durch den Oberlehrer Marshall. Frieden der Siegermächte, Wohlstand für diejenigen, die sich auf der Seite des Stärkeren befanden, aber leider denkt man, ganz Europa habe den Kampf, den es gegen sich selbst angezettelt hatte, verloren – die jugoslawischen Zuckungen der neunziger Jahre widersprechen dem nicht; nur, man denkt es ins Leere, man ist gezwungen, es »gegen« etwas zu denken, anstatt »zwischen« etwas. Und immer nur gegen etwas zu denken, kann man nicht durchhalten, niemand kann das, ohne dass es, wenn man isoliert ist, zu Neurosen und Verirrungen führt oder aber, wenn man eine Gemeinschaft bildet, zur Revolte. Die furchtbare historische Distanz, noch einmal sie, zwingt mich heute, klar zu sehen, dass mit dem ausgemergelten, zur Unkenntlichkeit entstellten Körper Martins die Politik selbst beerdigt wurde und dass wir die Waffen an einen Sieger zurückgegeben haben, manche von uns im ganz wörtlichen Sinn, der nicht die Züge dessen trug, den wir bekämpft hatten, denn die Welt war weiter ihrem Lauf gefolgt und hatte dabei die Ausrichtung ihrer Achse geändert.

Ende 1977 besetzen Martins Bruder und seine Freunde die Räumlichkeiten der Geisteswissenschaftlichen Fakultät in Censier. Auf Seiten der Iraner ist ganz schön was los, die Curser bewegen sich unentwegt von einem Punkt der Erdkugel zum anderen. Seit der Ermordung des gegen die Pahlavi-Dynastie opponierenden Ali Schariatis im Juni in England gärt es im Umfeld der Schah-Gegner, jenes Schahs, den die BRD zehn Jahre zuvor mit großem Pomp empfangen und damit den Tod von Benno Ohnesorg provoziert hatte wie ein Hund auf dem Pflaster eines Hinterhofs mitten in der *Zauberflöte*, und eine Handvoll von ihnen besetzt zwei oder drei Hörsäle und hält dort einen Hungerstreik ab. Wir können das Ganze nicht richtig einschätzen, wir wissen nichts darüber, doch wir sind instinktiv solidarisch mit diesen dunkelhäutigen, ausgezehrten Männern, scharfsinnige Räsoneure, im Kampf gegen den Knecht der Amerikaner im Mittleren Orient, wir fügen unbekümmert ein paar eigene Forderungen und innenpolitische Schlagworte hinzu, ein schöner Salat, in den ein Dutzend Faschos der Groupe Union Défense, besser bekannt unter dem Namen GUD, von der zweiten Nacht an, wildentschlossen, uns zu vertreiben, Essig schütten wollen. Tief im Innern wissen Martin und ich, dass, um seinen Ausdruck zu verwenden, wir »nicht die Eier« haben zu lernen, mit einer Knarre umzugehen und ernsthaft zur Sache zu kommen, das heißt zum bewaffneten Kampf, aber auf das Risiko eines Handstreichs in der besetzten Uni lassen wir uns auf jeden Fall ein, umso mehr als zwei oder drei der Autonomen hübsche Knirpse sind, ganz zu schweigen von diesen in den verlassenen Fluren herumspukenden Iranern, die Herrlichkeiten Isfahans, der persischen Poesie und der orientalischen Mystiker im Blut. Niemand kann aus seiner Haut.

Ich unterscheide zwischen den wankelmütigen Subjekten und denen, die bald als entschlossene Kämpfer (sehr oft sogar als Kämpferinnen) mit der Waffe in der Hand enden könnten, aber all das vermischt sich durch die lebendige und unermüdliche Rede – die Politik, die wir zwischen uns entwickeln wollen, entspinnt sich in der Sprache und im Rauschen der Worte – und durch die Körper, die sich gern und ohne große Unterscheidung berühren. Bei weit fortgeschrittener Nacht werde ich einen dieser hübschen Knirpse in die Enge seines nervösen Oberkörpers, seines begehrenden Schwanzes treiben, der sich den Argumenten meines Mundes ergibt, denn das Verlangen, das in den Körpern und in den Worten des Körpers zirkuliert, ist einer der geheimen Namen, die wir der von uns erfüllten politischen Geste geben wollen. Nicht genug Eier, um zu kämpfen, den Tod zu riskieren, den eigenen und den des anderen, aber bei weitem genug, Lust zu erleben und Lust zu bereiten, mit dieser unausgesprochenen Intuition, dass der bewaffnete Kampf nicht in der Natur der Lüste lag, und da nun einmal unsere Stunde, wie gesagt, so kurz sie schließlich auch gewesen ist, die der Lust war und nicht die des Todes. Raphaël hieß dieser hier, ich habe ihn nie vergessen, ich habe ihn mir mit Martin geteilt, er war nicht ganz so unzugänglich, wie sein Auftreten glauben ließ, alles ging so schnell. Es war nach dem Handstreich, erst die Arbeit, dann das Vergnügen. Auf dem Dach der Uni hatten wir alles aufgetürmt, was wir an Stühlen und Tischen auftreiben konnten, und als die Kerle vom GUD anrückten, gegen zwei, drei Uhr morgens, haben sie das

Ganze auf die Fresse gekriegt und sind dieses Mal, kampflos, aber nicht ohne hasserfüllte und äußerst unflätige Drohungen auszustoßen, wieder abgezogen. Der wahnwitzige Lärm im nächtlichen Viertel, die Iraner hocherfreut über ein Verteidigungskomitee, das sie nichts kostete, unsere drei ineinander verknäulten Körper, danach, in der wirren aufgeregten Spannung der abgewendeten Gefahr, doch all das war nur eine Episode ohne Folgen, all diese Jahre waren nichts weiter als ein bisschen Pulver im Wind.

Sie als »Kasperl« abzutun war für uns auch eine Verteidigungsstrategie, eine Möglichkeit, uns darüber lustig zu machen, dass wir weder fähig waren, uns unserer eigenen Gewalt zu stellen, noch zu differenzieren zwischen der Gewalt, der wir ausgesetzt waren – vor allem als begehrende Wesen, das heißt als Schwule, dann als denkende Wesen, das heißt unfähig, uns nicht mit der Kraft unseres Verstandes gegen die Mogelpackung, die man uns in die Hände legte, zu wehren –, und jener, die wir unter Umständen ausüben konnten, in den meisten Fällen, indem wir sie gegen den Absender richteten. Der nun anstehende Schritt war, Gebrauch von unserer eigenen Gewalt zu machen, eine uns vollkommen unbekannte Sache, die wir aus beschützten Elternhäusern kamen und uns bisher nur mit der symbolischen Gewalt beschäftigt hatten. Echte Waffen zu polieren, mit ihrem metallenen

Gewicht und ihrer Todeskälte, das ließ eine Realität hereinbrechen, die sich nicht mit Worten begnügte und die uns so wichtigen Fragen der Rede und des Begehrens sehr weit in den Hintergrund schob: Das war, direkt in den Fingerspitzen, entweder Leben oder Tod, und dazwischen nichts als eine menschliche Entscheidung aus unsinnigen Motiven, was auch immer das Ziel sein mochte.

Als Erinnerung an Martin und an all die Engelsmienen, die Blut, Hirn, Innereien und abgrundtiefe Wut auf dem Straßenpflaster der Städte zurückließen, abgeknallt wie Hunde ohne einen Schatten des Bedauerns von den Befehlsempfängern der Kräfte des Friedens und des Wohlstandes - denn das Bedauern, man sollte nicht müde werden, es zu sagen, gehört nicht zu den Gepflogenheiten dieser Armee im Schatten -, muss ich hier noch einmal betonen, dass ich unfähig bin, diese Frauen und Männer, die sich bewaffneten und von einem Tag auf den anderen in den Städten untertauchten, um uns von der mörderischen Brut zu befreien, mit einem Federstrich zu verurteilen. Seit nunmehr vierzig Jahren bezahlen die Gefangenen, sofern sie nicht tot sind, für ihre diversen Verbrechen der Staatsbeleidigung, seit nunmehr vierzig Jahren verlangt man von all denen, die sich ihnen nahefühlten, die Unterstützer waren und manchmal sogar Komplizen, öffentlich für ihre vergangenen Irrtümer zu büßen, ihre unerschütterliche Loyalität den schändlichen Prozessen gegenüber, durch die jene verurteilt wurden, unentwegt zu wiederholen, immer wieder hervorzuheben, welche schwere moralische Schuld auf ihren Schultern laste – denn der Durst nach Rückversicherung derer, die Angst gehabt hatten, ist unstillbar –, während man von den Mördern auf der anderen Seite, deren offenkundige Schandtaten nach Gewinn und Verlust bilanziert werden, nichts verlangt. Ich muss hier noch einmal betonen, dass diejenigen, die den Ball eröffneten, keineswegs alle im Gefängnis sitzen, sondern dass ganz im Gegenteil die meisten von ihnen nie jemals eines von innen gesehen haben, ich muss an dieser Stelle, auf die Gefahr hin, mir den Vorwurf des Hochmuts und der Überheblichkeit einzuhandeln, die Worte aufgreifen, die im Hals Pier Paolo Pasolinis erstickten, dreiundfünfzig Jahre schwul wie ich, Stiefeltritte, Rasierklingenschnitte oder die Luftröhre zerquetschende Autoreifen, Schläge aus Hass, Bestechlichkeit und Niedertracht: *Io so.* Denn wir kennen die Mörder mit Namen.

Das europäische Theater, das sich vor unseren Augen abspielte, während wir heranwuchsen, die körperlichen Freuden und den Ernst der politischen Herausforderungen entdeckten, war die Jugend dieser Welt, der wir uns langsam zugesellten, ohne dabei zu erkennen, dass die

Welt schneller voranschritt als unsere wirren Impulse. Diese Jugend der Welt, die einzige, die zählt, pulsierte in den Städten und auf dem Land, pulsierte in den Unternehmen, den Fabriken, trat über die alten Mauern, verteilte sich in den Straßen, wo sie in unablässigem Beben, in Wogen großer impulsiver Körper, vor wütender Inbrunst kochte, die von allen übersehen wurde. Es waren Unzählige, sie sind nicht auf ihresgleichen zugegangen, um ihnen von Opferbereitschaft zu sprechen, sie sind nicht auf ihre Vorgesetzten zugegangen, um den Dialog zu predigen, sie sind nicht wählen gegangen, um ihre Unterwerfung zu unterschreiben, es waren Unzählige, man sah, wie sie die Straßen erzittern ließen mit ihren Begehren, sah sie wanken, von neuem aufbrechen, sich zerstreuen, dann wieder auflodern und immer noch zahlreicher sich der Worte bemächtigen und sie an die Tore der Fabriken und der Schulen tragen, und auf der anderen Seite waren auch Unzählige, die sich dessen bemächtigten, was man ihnen reichte, Worte, Schriftstücke, Pamphlete, organisiertes Denken, dann Altmetall und Schraubenbolzen, Eisenstangen und Tücher, Helme und graue Pflastersteine, Granaten und bald Waffen, sie erfüllten die Straßen mit Brandschwaden, zerschlugen, zerstörten, erpressten, entführten, sie schmückten sich mit flammenden und unbekannten Reden, sie hatten die Denker der Zeit auf ihrer Seite und die stumme Zustimmung derer, die von zu Hause aus ihre Respektlosigkeit und die Wut und die unglaubliche Schönheit ihrer freien Jugend beneideten, Unzählige waren es, aber niemand konnte ihre Handlungsweise erfassen, sie haben zunächst Schlachtrufe ausgestoßen, dann nahmen sie Geiseln, die sie schnellstens wieder freiließen, schließlich richteten sie ihre Waffen auf die Beine und Oberkörper derer, die sie bekämpften, versuchten, die Strategien der Angst, der Spannung und des Hasses vom Sockel zu stoßen, unzählig, kampferprobt, mutig und nachdenklich endeten sie eingekreist, gejagt, geschlagen, reduziert auf blutigen Rückzug, manche legten auf dem geborstenen Pflaster genügend Blut nieder, um dort ihr Leben zu lassen, am Rand des Bürgersteigs oder mitten im Rinnstein, wie tollwütige Hunde, deren Bisse man fürchtet, ich habe schon einige von ihnen mit Namen genannt. Und ich erinnere auch an die Namen von Petra Schelm und Georg von Rauch, Thomas Weisbecker und Benno Ohnesorg, Pierre Overney und Gilles Tautin, Guiseppe Pinelli und Walter Alasia, und ich werde noch, ich werde endlich die Namen der siebzehn Opfer des großen Mailänder Balles vom Dezember 1969 nennen, die nichts anderes taten, als die Halle zu durchqueren, und von denen der Neofaschist Vincenzo Vinciguerra achtundzwanzig Jahre später vor laufender Kamera sagen wird, sie seien »der Preis, der für den Notstand zu zahlen war«, gewesen, ich schreibe sie hier ein, denn außerhalb der Bücher werden nie Kriegerdenkmale für die Toten des Friedens errichtet: Giovanni Arnoldi, 42 Jahre, Guilo China, 57 Jahre, Eugenio Corsini, 62 Jahre, Pietro Dendena, 45 Jahre, Carlo Gaiani, 37 Jahre, Calogero Galatioto, 37 Jahre, Carlo Garavaglia, 71 Jahre, Paolo Gerli, 45 Jahre, Luigi Meloni, 57 Jahre, Vittorio Mocchi, 35 Jahre, Garolamo Papetti, 78 Jahre, Mario Pasi, 48 Jahre, Carlo Perego, 74 Jahre, Oreste Sangalli, 49 Jahre, Angelo Scaglia, 61 Jahre, Carlo Silva, 71 Jahre, Attilio Valè, 52 Jahre.

Martin hat mir das gegeben, was ich vom Körper des Migranten nicht zu nehmen wagte, in dieser Klappe, zu der ich ihm zwar gefolgt war, mich aber im letzten Moment wieder entzog, weil ich buchstäblich platt war von der gewaltigen Detonation, die das Verlangen dieses Mannes in mir auslöste und von dem ich nicht wusste, wenn ich es so sagen darf, wie ich es anzufassen hatte. Wir müssen wissen, wie es geht, sagte Martin, unsere Wünsche sind zu stark und vor allem sind sie moralisch und politisch zu wichtig in diesen Sackgassen, in die man uns Schwule und auch die Migranten einsperren möchte. Wenn wir es nicht wissen, werden wir eingemauert in diesen Sackgassen enden, sie werden sich über uns verschließen, und alles, nur das nicht, lieber sterbe ich, sagte er. Woher nahm er nur das Bewusstsein dieser Notwendigkeiten und die Fähigkeit, sie zu benennen, ich habe das nie gut gekonnt, bin immer nur wortlos drauflosgegangen, meinem Instinkt nach, der Körper und Ideen einer Logik verpflichtete, derer ich mir ganz sicher war, die ich aber nicht formulieren konnte. Auf der Straße muss der Körper geschmeidig reagieren, ob Steine durch die Luft fliegen oder Tränengas, die Atemzüge müssen verlangsamt, durch die schützenden Tücher hindurch tiefer werden, man muss sich seitwärts bewegen, darf sich nie von vorne zeigen, auf dem Asphalt und zwischen den Autos, unter den Toreinfahrten und auf den Treppen, man muss rennen können und gutes Schuhwerk haben, muss ein bisschen zielen können, wenn man Tische aus dem vierten Stockwerk wirft, und dem Körper muss man die Kraft unseres Begehrens und unseres Wollens anvertrauen, ihn damit beauftragen, uns zu Waffen zu machen, folglich aber auch zu Zielscheiben, und als wir dann später nachts über Zäune sprangen und diese Burschen auf Baustellen besuchten, diese Burschen, welche die Not, anderswo als in den eigenen Händen zu kommen, quälte und von Kopf bis Fuß durchbohrte und die sich auf diesen nicht mehr wirklich brachen Grundstücken herumtrieben, wo sie den ganzen Tag Wohnungen für Kleinbürger errichteten, waren es wieder unsere Körper, denen wir die Aufgabe übertragen mussten, sich ohne Aufmucken in dem Augenblick aufzubäumen, in dem einer von ihnen uns völlig ungerührt mit einem Stoß, oder beinahe, fickte, was bei denen, die sich nicht getraut hatten, uns mit der gleichen Direktheit zu benutzen, einen erheblichen Spannungsanstieg bewirkte, so dass sie plötzlich ankamen und beinahe aggressiv unsere Münder für sich beanspruchten, Atme, sagte Martin, und mit dem Geruch der Männer und der feuchten Nacht vermischte sich das Bedürfnis, den Ansturm zu regulieren, mit der Notwendigkeit, unsere Wirbel zu stabilisieren, Halswirbel wie Lendenwirbel, und der Atem als Bindeglied ließ unser Bewusstsein und ebenso unsere Beine auf dem unebenen Boden zu einer Einheit werden, Mach weiter, sagten wir zu dem oder zu denen, die gerade zugange waren, die uns manchmal mit einem brüderlichen Salut entlohnten und sich in der Nacht auflösten, in der wir selbst auch bald verschwanden, Lust empfinden und Lust bereiten, sagte ich zu Martin, die Arbeit der Heizer erledigt, Tod den Bullen, Pfaffen, Flics, wir werden nicht schießen, trotzdem muss alles in die Luft fliegen, und was für ein Vergnügen unser Kopf aus der unglaublichen Geschicklichkeit unserer warmen und beweglichen Körper zog, wie Hunde, die sich auf Brachen austoben, ehe der Tod zuschlägt.

Zwei Jahre Geschichte pur, die uns völlig ausgehöhlt haben, wie die Jahre 68–72 unsere älteren Brüder ausgehöhlt hatten, von denen einige abdrifteten, in schweren Depressionen, Medikamentenmissbrauch, halluzinogenen Drogen versanken, im erschöpften stagnierenden

Rückzug des Körpers, ebenso verbraucht, als wären sie in den Untergrund gegangen, Träger des metallenen Todes. Man hat immer nur eine kurze Spanne Zeit zur Verfügung, vorausgesetzt, man investiert voll, weil man verstanden hat, dass diese Zeit uns gehört und sich kein zweites Mal bieten wird, man gibt das Reinste seiner Kraft und schöpft darin genügend Freude, um das Danach zu erhellen, wie finster es auch sein mag, und in unserem Fall war es weiß Gott ziemlich finster. Die Weltachse, und wir in der europäischen Fluchtlinie, wo sich der letzte heftige Ausbruch gegen die Etablierung der Kräfte des Friedens abspielte, von denen wir alle vorausahnten, dass sie uns letztlich das Gehirn zerstören würden und keineswegs, wie man im ersten Augenblick hätte glauben können, der Anfang einer neuen Epoche seien, denn nichts ist besser geeignet, die Leute zu blenden, als der erste Augenblick; wenn die Zeit uns dann die Schlüssel zu dem, was passiert ist, aushändigt, hat sich die Achse verschoben, und entweder ist es einem egal, weil man tot ist wie Martin, oder es ist einem egal, weil man notwendigerweise zum nächsten Lebensabschnitt übergegangen ist wie ich: Allein die Nostalgiker jammern in ihrem Sessel herum, ich wette, dass einige von ihnen sich, um zu vergessen, kleinen erotischen Ritualen nicht weniger hingeben als ihrer Nostalgie und somit diese beiden Ausdrücke verbinden, die mir so zuwider sind, da ich mich bis ans Ende meiner Kräfte bemühen werde, die wertvolle Mechanik der Männer auszuüben, ihre Schrift.

Ich verliere den polnischen Horizont nicht aus den Augen, ich scheine in der Chronologie abzudriften, Ihnen hier magere Geschichtsschnipsel in einem heillosen Chaos zu servieren, und manchmal beunruhigt es mich, dass ich nicht die erstaunliche Klarheit von Historikern besitze, für die Jahrhunderte und immense Zeitspannen dunkler Prozesse, die es zu erhellen gilt, Berufsalltag sind und ein fast immer zweischneidiges Forschungsfeld, selbst wenn sie die Relevanz der Grenzsteine hinterfragen, die wir, um die Zeit zu ordnen, festgelegt haben und die für uns Schriftsteller Stützpunkte fiktiver Taumel sind. Ohne sie wären wir, mehr noch als ohnehin schon, in der Verworrenheit der Gegenwart verloren. Sie sind an unserer Seite, aber wir sind nicht sie. Es fällt mir deshalb ein bisschen schwer, die Monate meines erwachenden Bewusstseins zu entwirren, als so viel von dem, worauf wir inzwischen reduziert sind, entstand und sich heranbildete, es fällt mir schwer, unseren eigenen Anteil daran zu erfassen, und manchmal fürchte ich ihn ... 1972 in Polen gab es außer den Polen selbst und ihren Schwierigkeiten nichts zu sehen. Ich habe noch einige Fotos, unter anderem eines, auf dem auch das Ehepaar abgebildet ist, das uns in dieser kleinen Stadt an der Küste, wahrscheinlich Słupsk, bei sich aufnahm. Wenn ich es mir heute ansehe, frage ich mich umso mehr, was wir uns wohl damals zu sagen hatten: in etwa das Alter meiner Eltern, die Kleidung ganz im Stil der fünfziger Jahre, während wir, jetzt mit dem Abstand deutlich zu erkennen, wie eine Karikatur der siebziger Jahre mit ihrer Palette modischer Abscheulichkeiten wirken, beide lächeln freundlich, sie trägt einen Blütendruck, wie sie noch ab und zu auf den Märkten von Murat, Aubusson oder in Langogne zu finden sind, und auf dem Kopf eine Dauerwelle à la Elena Ceaușescu, im Hintergrund ein trostloses Stadtbild, etwas am Rand wahrscheinlich ihr Sohn, um die siebzehn, sogar ein recht hübscher Junge, doch er lächelt nicht, ist nicht ganz bei der Sache, vielleicht wächst in ihm mit zunehmendem Alter eine gewisse Skepsis gegenüber der großen Farce des Kommunismus, die achtzehn Monate zuvor in Danzig viele Menschen auf der Strecke ließ und überall leere Geschäfte, eine Skepsis, gegen die seine Eltern sich schützen, um nicht den Boden unter den Füßen zu verlieren, die sie aber offenbar bisweilen beschleicht, haben sie uns doch ihr Haus geöffnet und ihren Tisch mit einer Bande Zuaven von jenseits des Vorhangs geteilt. Letztlich kann ich das nicht beurteilen, ich konsultiere das steintote Fotoarchiv und streiche eine weitere Schicht Fiktion über dieses Geschichtsfragment, das durch die furchtbare Distanz schon fast vollständig Fiktion geworden ist.

Also auf geht's zum Sightseeing, wenn wir schon mal da sind. Nach Słupsk kommt Danzig, berühmt für seinen Korridor, der aus dem Ersten Weltkrieg und Wilsons Absicht, den Polen einen eigenen Zugang zum Meer zu sichern, entstanden und mit dem Zweiten und Hitlers Absicht, die Teilung Preußens zu beenden, wieder verschwunden ist, typisch für diese Art von Absurditäten, die durch politische Abkommen erzeugt werden und doch minuziös die Bedingungen für den Folgekonflikt schaffen – unausweichlich. Als wir dort ankommen, ist diese Geschichte allerdings seit siebenundzwanzig Jahren erledigt, und es wird noch acht dauern, bis Solidarność aus den Schiffswerften auftaucht und ihr Sabotagewerk aufnimmt, was neben anderen Dingen dazu führt, dass knapp zehn Jahre später dieser ganze Zirkus untergeht – doch da werde ich in Bulgarien und Rumänien unterwegs sein, Martin frisch verstorben, und ich werde anfangen, einige noch recht schwache Zusammenhänge herzustellen zwischen dem, was ich 1972 erlebt, und dem, was ich 1990 vor Augen hatte. Wir machen Sightseeing, eine wirklich seltsame Art von Sightseeing, in gewisser Weise Sightseeing in einem besetzten Land. Ich erinnere mich an riesige schroff abfallende Dächer, durchbrochen von Reihen winziger Fenster, die vier oder fünf Etagen von Dachgeschossen vermuten ließen, an ein Picknick an einem Strand in einsitzigen Strandkörben, ausgestattet mit einer

Art ebenfalls geflochtenem Vordach zum Schutz gegen Wind und Sonne, solide und rustikal, das kommunistische und baltische Gegenstück zum Lido von Venedig mit seinen weißen durch die Brise flatternden Leinenschirmen, gefilmt von Visconti, schwul, aber nicht wie ich und nicht gestorben wie ein Hund, in seinem *Tod in Venedig*, der, ein Jahr vorher herausgekommen, die Eltern und Freunde verstimmte und sogar Pasolini, schwul wie ich, von dem es heißt, er habe während der Filmvorführung in des Nachbarn Ohr geraunt, *Se vedo ancora un ombrellino, urlo! Wenn ich noch einen Sonnenschirm sehe, schreie ich!* Kurz, es ist Sommer, ich bin zwölf und ich frage mich nicht eine Sekunde lang, was meine Eltern von all dem, was um uns herum zu sehen ist, wohl halten. Dann machen wir uns auf nach Masuren, eine für ihre unzähligen Seen berühmte Region, wohnen in Olsztyn, hundertdreißig Kilometer von Kaliningrad entfernt, fahren an die sowjetische Grenze, inzwischen belarussisch, um den *Białowieża*-Nationalpark zu besuchen, der fünf Jahre später als *UNESCO*-Weltnaturerbe anerkannt werden wird und in dem es von seltenen Arten der Flora und Fauna nur so wimmelt, wie gesagt Sightseeing, Ausflüge mit dem Fahrrad, sommerliche Unbeschwertheit, nur drei Kilometer von da, wo wir auf Sommerfrische machen, beginnt die Sowjetunion, das Reich Leonid Breschnews mitten in der poststalinistischen Eiszeit, Vorglasnost und

Auflösung, aber was zum Teufel hatten wir dort zu suchen! Dann Warschau, das Ghetto-Ehrenmal, wo Willy Brandt, Kanzler einer BRD, die bald von der Roten Armee Fraktion wie ein Pflaumenbaum geschüttelt werden würde, bei einem Staatsbesuch zwei Jahre zuvor auf die Knie gefallen war, diese Art von Bildern, die sich einprägen, viel imitiert und oft berechnend, die Sommerreise nimmt auf einmal eine komische Wendung: Was genau ist das, ein Ghetto, und was passiert da? Ich war zwölf, meine Eltern erklärten mir, um was es sich handelt, die Nazis und die Juden, und was die deutschen Nazis den polnischen Juden und denen des restlichen Europas angetan haben, doch zwei Tage später sollte ich noch etwas mehr davon erfahren, wir besuchen Oświęcim, besser bekannt unter dem Namen Auschwitz, ein Konzentrationslager, in dem die Juden vernichtet wurden. Aha, sie haben also nicht nur Frankreich besetzt und meinen Großvater für fünf Jahre in Oberschlesien eingefroren, ohne ihm jedoch ein Haar zu krümmen, aber warum haben sie denn die Juden getötet? Es war immer noch schönes Wetter und Sommer, wir waren in Polen, was für eine seltsame Idee.

Der Höllenwalzer der im Mai 1972 von der Roten Armee Fraktion verübten Attentate, drei Monate vor unserer Durchreise, ließ den Staat nicht paralysiert zurück, Deutschland hat seinem Ruf als effizienter Staat gerecht zu werden. Kein Chaos, kaum ein paar Turbulenzen am politisch-polizeilichen Himmel, nichts, was mit der italienischen Fahrlässigkeit zu vergleichen war, die es, ab 69 vom Fenstersturz eines falsch Beschuldigten bis hin zu regelrechten Ermordungen von Mitgliedern der Roten Brigaden, ohne jegliche juristische Absicherung (zum Beispiel in Genua am 28. März 1980, als die Carabinieri *Riccardo Dura, Annamaria Ludman, Lorenzo Betassa und Piero Pancelli im Schlaf niederknallen, wie Hunde, wo doch alles gelaufen war*) den Mitgliedern des Entführungskommandos von Aldo Moro ermöglichte, sich während der fünfundfünfzig Tage seiner Geiselnahme in ganz Rom und in ganz Italien frei zu bewegen – ich habe schon von der mit Apathie ummantelten Spannung gesprochen, die das große Polizeiaufgebot überall in Rom in einen unwirklichen Nebel hüllte, ich, der mit den Händen in den Hosentaschen durch die Stadt streifte, während Massimo arbeitete, allein sein borstig olivenhölzerner Körper in meinem gab mir das Gefühl von Wirklichkeit. Aber natürlich hinkt der Vergleich, und keiner in Bonn hatte je ernstlich daran gedacht, eine kleine Fiesta wie die auf der Piazza Fontana 69 in Mailand zu organisieren. Kurz, drei Tage nach dem letzten der fünf Attentate der Mai-Offensive von 1972 veröffentlichten die Zeitungen die Fotos der neunzehn gesuchten Terroristen, und am 1. Juni wurden Andreas Baader, Jan-Carl Raspe und Holger Meins in Frankfurt von zweihundertfünfzig bis an die Zähne bewaffneten Polizisten festgenommen, verstärkt durch ein paar Panzerwagen, die das Gebäude, in dem sie sich versteckt hatten, umstellten. Dann am 7. Juni wurde Gudrun Ensslin in Hamburg festgenommen und Ulrike Meinhof am 15. in Hannover. Und das Pack umgehend in Isolierzellen nach dem letzten Schrei verfrachtet, ich komme noch darauf zurück. Natürlich das Ende des Walzerreigens, doch es bleiben noch die Polkas und Mazurkas, die fünf Jahre später in Form von Totentänzen aufgeführt werden. Das abgenudelte Video, das die Frankfurter Verhaftung in Form eines Panzerdivision-Angriffs zeigt, begleitet vom Off-Kommentar, aus dem die Verachtung für diese politischen Gefangenen quillt, denen das Etikett gewöhnlicher Straffälliger verpasst werden musste: Holger Meins, ein nur mit einem Slip bekleidetes langes mageres Elend, aus seinem Unterschlupf geholt, in einen Einsatzwagen gestopft, noch zwei Jahre zu leben unter psychischer Folter, in Auszehrung, bis zum Ende als ein vom Hunger ausgemergeltes Knochengerippe, und Baader mit einer Schussverletzung in eine herumliegende Decke eingewickelt wie schmutzige Wäsche, noch fünf Jahre zu leben, dann eine Kugel in den Kopf; Raspe ist auf den Bildern nicht zu sehen, dieselben fünf Jahre eingekerkerten Lebens vor sich, schließlich ebenfalls eine Kugel in den Kopf. Die Frauen werden sich, so heißt es, erhängen.

In Prag, unserer nächsten Station nach Polen, ist die Atmosphäre auch nicht gerade entspannt, vier Jahre zuvor hatten russische Panzer sich eine kleine Spritztour durch die Straßen dieses Stadtjuwels gegönnt, exakt so wie sie es 56 in Budapest gemacht hatten; die russischen Panzer haben ein Faible für die phantastischen Herrlichkeiten Mitteleuropas, sie würden gern bis nach Wien ziehen, wenn man sie darum bäte, aber leider steht das nicht auf dem Programm. Diesmal weiß ich, was meine Eltern vor Ort wollen: im Auftrag Pariser Freunde Kontakt zu einem Mann aufnehmen, der Probleme mit eben jenen Autoritäten hatte, denen die russischen Panzer vor vier Jahren so liebenswürdig zu Hilfe gekommen waren. Ein Mann, nach dem wir lange suchen, ohne zu wagen, irgendjemanden irgendetwas zu fragen – vergeblich. Ob meine Eltern ihm mündlich oder schriftlich eine Nachricht überbringen, eine mit nach Paris nehmen sollten, habe ich weder erfahren noch erfragt. Ich habe mich damit begnügt, weiter auf der Hut zu sein, wie ich es war, seit wir in Polen auf die andere Seite des Vorhangs gekommen waren, begrüßt von einem unters Auto geschobenen Spiegel. Diesem Erlebnis geschuldet bleiben mir von Prag Erinnerungen an eine Phantomstadt, leeres Dekor, gedämpfte Stimmung, Ort eines seltsamen Spiels, wo sich, im Kleinen, Kräfte unerhörten Ausmaßes gegenübertraten.

Bei unserer Ankunft Ende August, Anfang September in München, wo gerade die Olympischen Spiele stattfanden, beschlich uns der leise Eindruck, wieder von der Geschichte eingeholt zu werden, sofern wir überhaupt das Gefühl gehabt hatten, ihr entkommen zu sein (ich meine natürlich abermals meine Eltern, nicht mich, der ich mir mit meinen zwölf Jahren zwar nichts von alldem entgehen ließ, aber buchstäblich unfähig war, irgendetwas deuten zu können), mit der Geiselnahme von elf israelischen Athleten am 5. September mitten in ihren Appartements im olympischen Dorf durch ein Kommando von acht Palästinensern, die die Freilassung von zweihundertvierunddreißig in israelischen Gefängnissen inhaftierten Personen und ebenso die von Andreas Baader und Ulrike Meinhof forderten, dazu freies Geleit und sicheren Transport nach Ägypten für alle. Zur Erinnerung, wir kamen gerade aus Auschwitz. Diese Art von Kollision innerhalb einer Woche ist das, was zählt, doch auch wenn es beunruhigend ist, ergibt es nicht unbedingt einen Sinn. Für uns jedenfalls, gut gelaunt auf Erkundungstour in einem Staat, der seine ersten Olympischen Spiele – seit jenen von den Nazis 1936 in Berlin inszenierten – veranstaltete und bei dieser Gelegenheit seine sportliche Unschuld wiederherzustellen gedachte, war es vollkommen verworren, doch es änderte nicht viel am Ablauf unserer touristischen Unternehmungen. Was man vom Ablauf der sportlichen

Prüfungen nicht sagen kann (obwohl das amerikanische weltweit verbreitete Schlagwort *the show must go on* natürlich letztlich die Oberhand gewann), geschweige denn von jenen, denen Geiseln wie Geiselnehmer gleichermaßen ausgesetzt waren, die locker-flockig in einem gemeinsamen Blutbad endeten, welches ganz offensichtlich nicht zu den Glanzleistungen der westdeutschen Politik und Polizei zählte, wie effizient sie auch sonst gegenüber ihrem innerdeutschen Terrorismus gewesen sein mochten. Noch heute ist eine klare Zuteilung der Verantwortung für das Geschehen äußerst diffizil, aber fest steht, dass »wir« seinerzeit, in Anbetracht der politischen Überzeugungen meiner Eltern, eher propalästinensisch eingestellt sind *und* zutiefst entsetzt, intuitiv spüren sie, dass irgendetwas in dieser Verbindung Palästina – Rote Armee Fraktion nicht stimmt, was der weitere Verlauf der Geschichte bestätigt, über der noch immer das Gespenst einer tragischen wechselseitigen Eskalation zweier Logiken des Scheiterns schwebt. Wir hatten uns ein paar Tage vorher die olympischen Einrichtungen angesehen, ein Wald aus hohen Metallstangen versehen mit Seilen, an denen ausladende Dachkonstruktionen hängen, das Ganze reflektiert auf beeindruckende Weise das Sonnenlicht und vermutlich ebenso das nächtliche Licht aus Hunderten von Scheinwerfern. Was die Form angeht, eine echte architektonische und technische Besonderheit, was den Inhalt angeht, allerdings nichts Neues unter der Sonne, Sport ist ein Opium, das das Volk verblödet.

Etwas fehlt immer. Eine Erklärung zum Beispiel, oder auch ein Mehr an Liebe, an Sex, Begehren, Nacktheit, Vernunft, das uns Kraft geben würde, um denselben Weg weiterzugehen. 1972 fehlte mir bereits der Körper des Migranten, den ich zwei Jahre später nicht berühren werde, das weiß ich heute, wo ich davon ausgehe, meinen vierundfünfzigsten Geburtstag zu erleben, ohne auf einem nächtlichen Strand erschlagen zu werden, weil ich Bescheid weiß und weil ich blase. 1974, als ich es mir beim Aussteigen aus dem Bus versagte, diesem Mann und seinem Versprechen zu folgen, wusste ich, ohne es zu wissen, dass er mir immer fehlen würde. Verzeihen Sie diesen Übergang, aber falls man bis jetzt nicht verstanden hat, worum es mir geht: Das, was mir in Auschwitz gefehlt hat, weil ich erst zwölf war, fehlt mir noch immer, wird immer fehlen, fehlt den Vernünftigen wie den Wütenden, den Freiheitsliebenden wie den Angsterfüllten, den Poeten wie den Nichtssagenden. Denn wo der Mangel klafft, kann Vernunft nicht helfen. Auschwitz und seine grasbewachsene Stille, seine dürre Trostlosigkeit, ist ein großer menschlicher Mangel auf der Kehrseite Europas, ob man ihm nun den Rücken zuwendet oder ins Gesicht schaut.

Die Orte des Mangels sind Orte des Untergangs. Das, was auf diesen paar Quadratkilometern in der heutigen Woiwodschaft Kleinpolen untergegangen ist, ist mehr als die Summe der Seelen, die dort im Gleichtakt mit ihren Körpern verbrannten. Wenn wir uns dorthin begeben, stehen wir direkt am Rand des Verlustes. Einige von uns beugen sich vor, versuchen irgendwas im Gras auszumachen und den vorausgehenden Schiffbruch vom vollständigen Verderben zu unterscheiden. Dann richten sie sich wieder auf, treten zwei Schritte zurück, kehren dem Abgrund den Rücken zu und gehen weiter, ohne dass auch nur eine ihrer Gesten etwas gegen den Mangel vermocht hätte.

Diese Orte haben die Zeit getilgt.
Es sind unbewusste Orte.
Die Wut, die sie erzeugt haben, sie kennt kein Ende.
Nie wieder werden sie uns in Frieden lassen.

II

Sex gibt's nicht getrennt von der Welt 1977

Wir haben nicht besonders aufgepasst, so beansprucht, wie wir von anderen Aufgaben waren, und als wir einige Jahre später den Kopf wieder erhoben, war die Schande schon über diese Zeit, die Ereignisse und die Frauen und Männer, die sie in Gang gesetzt hatten, gebracht. Die Welt hatte sich um ihre Achse gedreht, aber dieses Mal war es kein kleiner, mit bloßem Auge nicht zu erkennender Schwenk, sondern ein Umschwenken. Martins Tod 1989 in der Nacht vom 9. auf den 10. November, die Nacht als die Mauer fiel, dort oben in Berlin, tausendfünfzig Kilometer nordöstlich von der Pitié-Salpêtrière – zu symbolisch, um wahr zu sein, ich weiß, aber ich nutze es, um daran zu erinnern, dass Schriftsteller immer wieder feststellen müssen, dass die Realität die Fiktion übertrifft –, acht Jahre nach dem Ausbruch der Epidemie, ein Jahr nach der Wiederwahl Mitterrands, genügte allein schon, um mir das Ausmaß dieses Umschwenkens klarzumachen. Wenn auch das erste dieser beiden Ereignisse für mich beileibe nicht unerwartet kam, was seine Brutalität weiß Gott in nichts abschwächte, so hat das zweite doch alle kalt erwischt, zumindest beinahe alle. Martin war nur noch ein schwindendes Etwas auf seinem Krankenhausbett und sprach schon seit Wochen nicht mehr, und jeden Tag musste ich mich seinem Blick aussetzen, ich kann es nicht anders ausdrücken. Es war, als ob ich meinem eigenen Tod ins Gesicht sehen müsste: Seine

Augen waren zwei Brunnenschächte, runde, ins Nichts weisende Öffnungen, in deren Tiefe einem das Ertrinken gewiss war; sie waren auch zwei Spiegel, in denen mein Bild zum Vorschein kam, und mit mir meine eigene Geschichte; und schließlich waren sie für ihn der einzige Weg, um sich mir mitzuteilen, und für mich, ihm zu antworten. Das, was wir uns sagten, ehe wir einander verloren, kann ich hier nicht mehr wiedergeben, denn die Worte waren unbrauchbar geworden, vergeblich, waren am Fußende des Betts verendet. Wir wissen, dass die Geschichte sich ohne uns fortsetzen wird, und manchmal bedauern wir es auch nicht, so sehr gleitet sie uns durch die Hände; was uns beide anging, so wussten Martin und ich seit fast zehn Jahren, dass unsere Stunde vorbei war, dass wir genau in dem Augenblick atemlos angekommen waren, als die Türen zufielen und uns somit zwangen, unsere Pläne zu ändern. Über den Fall der Berliner Mauer habe ich vor allem eine tiefe, instinktiv mit allen Berlinern geteilte Freude empfunden. In der Menschenflut, die ruhig und unerschütterlich die große, die Gleise am Grenzübergang Bornholmer Straße überspannende Stahlbrücke überquerte, in derselben Nacht als Martin stirbt, sehe ich nicht den großen Sieg des Westens und der Demokratie nahen, all diese Gemeinplätze, die seitdem einen ikonischen Gebrauch erleben, sondern diese Tausende von Männern, Frauen, Kindern, die sich endlich wieder jene andere Hälfte der Stadt werden aneignen können, von der sie, fast dreißig Jahre zuvor, Walter Ulbricht und seine Clique abgeschnitten hatten, ohne dass wir, ach so aufrechte Demokraten, auch nur den kleinen Finger gerührt hätten. Ich habe mir lange Zeit gelassen, bevor ich dorthin reiste, habe es vorgezogen, das Ende des 20. Jahrhunderts am östlichen Rand unseres geliebten Europas zu erleben. Aber inzwischen kenne ich die Stadt gut genug, um nachzuempfinden, was mich in jener Nacht so tief bewegte, und auch Martin kehrt zurück, denn ich kann nicht mehr auseinanderhalten, welche meiner Tränen seinem endgültigen Rückzug aus der Schönheit der Dinge galten und welche dem massenhaften Einzug der Kameraden aus dem Osten in eine nun mauerlose städtische Perspektive, an deren Achse sich auszurichten die Welt nun endlich bereit war.

Wir, die wir 1978 alle Hoffnung aufgegeben hatten, den Staat einschüchtern zu können, befanden uns seit 1981 im Visier einer Krankheit, die voll ins Schwarze traf und nur wenige ihrer Ziele verfehlte. Die drei Jahre dazwischen, in denen wir, ohne es zu wissen oder ohne den Mut zu haben, es zu sehen, durch unseren Verzicht, unsere Einsicht in die Kräfteverhältnisse, unsere Verzweiflung oder unsere Fluchten, das Bett für die darauffolgende Phase bereitet und das Scheitern unserer älteren Brüder endgültig bestätigt hatten, sie wurden uns in Form von Infektionen, Blässe, Durchfällen, kalten Schweißausbrüchen und drastischen Gewichtsabnahmen zurückgegeben, in Form von verwüsteten, ausgemergelten, ihres Verlangens entleerten Körpern und schließlich in Form von Leichnamen, die begraben werden mussten, so manches Mal auf die Schnelle, wie die Kadaver räudiger Hunde, deren Räude man fürchtet, eine Offensive, die uns zu Beginn des Kampfes völlig überrumpelte. Natürlich sah die finstere Dummheit, die den soliden Boden der schlimmsten reaktionären Kräfte bildet, verstärkt durch die nicht minder finstere, absolut zerstörerische Dummheit eines konformistischen Katholizismus – von Martins Familie bis zur Perfektion verkörpert –, in der Epidemie die gerechte Strafe für all diese widernatürlichen Abwege, Gedanken und Werke, vor allem Werke.

Ich werde euch sagen, was widernatürlich ist, und danach könnt ihr euch meinetwegen ficken lassen: Widernatürlich ist der Tod von Menschen abgeknallt wie Hunde auf der Straße in unseren in Frieden lebenden Ländern. Doch nicht ahnend, was ihr versäumt, werdet ihr euch nicht ficken lassen, die Anhäufung von Macht und Geld ist euer einziger Antrieb, und eure einzige Freizügigkeit ist der Einsatz eurer Stärke.

Wir kamen im September 1972 aus Polen zurück, und bis 1974, bis zu dem Tag, an dem ich auf dem Pont de Billancourt plötzlich verstanden habe, wie ich ich selbst werden und wo mein Platz sein würde, habe ich nichts anderes getan als gewartet. Die Weltenordnung war mir noch unverständlich. Die Eltern die Freunde die Nachbarn schienen wie von einer Schockstarre befallen, seit die Ermordung Pierre Overneys, *vierundzwanzig Jahre wie ein Hund an den Werkstoren von Billancourt durch einen bewaffneten Wachmann eines Staatsunternehmens*, die gesamte Bewegung, die sie auf die Beine stellten, in den Straßen den Fabriken den Werkstätten den Haushalten den Elendsvierteln, an den Rand der Frage getrieben hatte, wohin das alles führen würde, die Debatten die Aktion die beteiligten Kräfte die Wut die Beklemmung die Vergangenheit die Persistenz der alten keine neuen Horizonte mehr anpeilenden Funktionäre, jener Frage, die sich die Jugend Europas zur gleichen Zeit überall auf unterschiedliche Weise stellte, der Frage nach dem bewaffneten Kampf. Wahrlich keine unbedeutende Sache. Wie auch immer sie darauf antwortete, mit Nein in Frankreich, mit Ja in Deutschland und Italien, war das keine Anwandlung, keine Laune einer Handvoll verwöhnter, vereinzelter, exaltierter Babyboomer, sondern eine nicht zu leugnende, tödliche, politische Tatsache, in die Tausende von Menschen verwickelt waren und die einen Abdruck hinterließ, den man hier und da noch mühelos in den unterschiedlichen, oft nicht – oder noch nicht – reflektierten Erbschaften erkennt, die sie uns vermachte. Ich, der ich sie zwar nur indirekt miterlebte, tatenlos, mich aber genügend an ihr gerieben habe, um von ihr geprägt zu sein, kann mich, von da aus, wohin der weitere Verlauf der Geschichte mich führte, nicht damit abfinden, was die furchtbare Distanz uns die meiste Zeit vor Augen führt: Zahlen, Analysen, kniefällige Urteile in historischen und soziopolitischen Artikeln oder Büchern, dazu Erinnerungen, Widersprüche und immer noch kategorische Urteile auf Seiten der Akteure oder Zeugen, die beschlossen haben, Spuren ihrer Durchquerung dieses vor Wut schäumenden Kielwassers zu hinterlassen. Nichts ekelt mich mehr an als der Schleier aus Ironie, den man über diese Jahre breitet, der politische, moralische, intellektuelle Winkelzug, sie in eine Art Komödie zu verwandeln, in deren Verlauf unser französischer Esprit ein Abgleiten in die blutige Auseinandersetzung verhindert hätte, wie sie unsere deutschen und italienischen Nachbarn doch führten, die ersten, entsprechend den Gemeinplätzen über die europäischen Völker, bierernst, die zweiten leichtfertig, eine Komödie, die man sehr schnell, als sich die Gemüter schließlich wieder beruhigt hatten und Mitterrand gewählt war, mit Abstand, kritischem Geist, Selbstironie betrachtet hätte. Und nichts deprimiert mich mehr als die Erkenntnis, dass es oft genug die Akteure jener Jahre selbst sind, die diesen Schleier weben, inzwischen gehört das zum guten Ton und ist alles andere als die am wenigsten vollständige Art der Kapitulation.

Die Schockstarre der Eltern der Nachbarn der Freunde (waren wir, um ihr zu entfliehen oder sie zu vertreiben, nach Polen gefahren?) kam gewiss von dem Schwindel, der einen an Abgründen befällt: entweder weitermachen, was bedeutete, den Einsatz zu verstärken, indem man in die unsichtbare Ordnung der Dinge eintrat, in den Untergrund, den bewaffneten Kampf, und natürlich die gänzlich zu akzeptierende Möglichkeit zu töten oder getötet zu werden; oder aufhören – denn genauso weiterzumachen wie bisher hätte bedeutet, Pierre Overneys Tod wäre kein Einschnitt –, was implizierte, dass man etwas anderes finden musste, um seine Neuronen und seine Glieder zu beschäftigen, etwas anderes, das jedoch mindestens genauso ausschließlich war wie der Kampf gegen den Staat und das einige durchaus auch zu finden glaubten – doch tatsächlich bezweifle ich, dass irgendetwas sich an Intensität mit einem solchen Kampf messen kann: Weder die Religion noch das Wissen, die schöpferische Kreativität, die Amour fou, die Droge, die Depression, und schon gar nicht Zynismus oder Ehrgeiz (diejenigen, die diesen letzten Weg einschlugen und heute bekannte Namen tragen, sind natürlich die ersten Totengräber ihrer eigenen Hoffnungen, von ihren ehemaligen Feinden instrumentalisiert, tragen sie aktiv dazu bei, besagten Schleier aus Ironie zu weben, sie sind es, die mich am meisten abstoßen, da sind mir die hängenden Arme, mit denen ich ausgestattet war, lieber und der Einsatz, den wir mit unseren Ärschen brachten, während sie abschworen, voilà noch ein Ort, wo die Obszönität woanders zu finden ist, als man glaubt).

Es hing am seidenen Faden. Dass wir weder auf dem steilen Hang des Kampfes abgeglitten sind noch die Schleusen der von allen Seiten ansteigenden Gewalt geöffnet haben, verdankt sich wahrscheinlich der Erkenntnis einiger, dass es zwischen dem Problem und seiner Lösung nichts anderes als Leichen gab, und dass sie sagten, Wir tappen nicht in dieses Nichts, wir werden nicht sterben, noch nicht, nicht so. Dabei war alles vorbereitet. Aus der Ermordung Pierre Overneys war die Schlussfolgerung gezogen und dann veröffentlicht worden: »Inzwischen ist uns bewusst, dass jedes Programm des autonomen Kampfes gegen die kapitalistische Hierarchie notwendigerweise die Organisation des bewaffneten Widerstands voraussetzt ... « Zur Kenntnis genommen und mit der Entführung Robert Nogrettes, Führungskraft bei Renault, am 8. März 72 durch die Nouvelle résistance populaire, genannt NRP, den bewaffneten Arm der Gauche prolétarienne, sogleich in die Tat umgesetzt, die allerdings nach zwei Tagen aufgrund der alleinigen Entscheidung der Entführer mit Nogrettes Freilassung endete. Diese, scharfsichtig, wussten, dass eine längere Geiselnahme unweigerlich auf die Frage nach einer Hinrichtung hinauslief, eine Frage, die allein zu beantworten sie sich nicht ermächtigt fühlten, denn sie wandten sich an ein seltsames Ding, das Äquivalent einer deistischen Dimension: die Meinung des Volkes. Letztere, bekanntlich zu ungreifbar, um direkt befragt werden zu können, antwortete nicht. Am seidenen Faden, es hing am seidenen Faden. Nogrette abgeknallt und sein Leichnam irgendwo abgelegt, zum Beispiel im Kofferraum eines Autos, und es hätte ein schlimmes Ende für alle genommen. Selbst wenn wahrscheinlich die Eltern die Nachbarn die Freunde und ziemlich weite Kreise, in einem als Zustimmung zu wertenden Schweigen, ihr Vertrauen aufrechterhalten und ihre Unterstützung nicht entzogen hätten. Es hätte sein können, hat es aber nicht. Und wenn auch wir die endlosen italienischen Zerwürfnisse, wenn auch wir die erbarmungslose deutsche Unterdrückung erlebt hätten, solche Fragen sind sinnlos, doch jenseits aller unbestreitbaren historischen Unterschiede bleibt die Tatsache, dass wir diesen bestimmten Schritt nicht getan haben. Vielleicht wäre ich dann schneller ich geworden, oder auf eine andere Weise. Damals habe ich gewartet, während meine älteren Brüder wieder zu Atem kamen, dann gab es den Migranten 74 im Autobus, 75 lernte ich Martin kennen, 77 flog bei unseren Nachbarn alles in die Luft, und wir verstanden nicht, warum wir immer noch untätig die Arme hängen lassen mussten.

Von dem Augenblick an, da wir uns gefunden hatten, fingen Martin und ich also an, in unseren eigenen Körpern alles hochgehen zu lassen, entschlossen, uns der Kohorte der »mehr als 343 Schlampen« anzuschließen. Im versteckten Schaltkreis schwuler oder auch ein wenig abenteuerlustiger oder ausgehungerter heterosexueller libidinöser Ökonomien zwei siebzehnjährige, nicht zimperliche Gazellen freizusetzen, die eine athletisch und blond, die andere ein dürres, braunes Etwas, das bedeutet, den starken Sturm der Lenden sich erheben zu lassen, alle Verbindungen zum denkenden Hirn kurzzuschließen und dem hormonellen Schießpulver seinen Lauf zu lassen, das nichts weiter als explodieren will. Es galt nur auszuwählen, aber von Anfang an sagte Martin, der immer einen Schritt voraus war, Wir wählen nicht, Schätzchen, wir nehmen, was kommt, das wird sie fertigmachen. Nicht zimperlich, wie gesagt, und es machte sie tatsächlich verrückt, all jene, die die Jugend normalerweise verschmähte, weil zu schmächtig oder nicht gut gebaut, zu viel von dem, zu wenig von jenem. Das verdoppelte den Einsatz der anderen, die plötzlich teilen mussten, wenn sie auch was abbekommen wollten. Ich weiß nicht, ob Sie sich wirklich darüber im Klaren sind, was dieser Schaltkreis bedeutet, dieses explosive Potential, das ein zum Orgasmus entschlossener Mann enthält, der spürt, dass sein Körper ihm den Dienst versagen wird, wenn er diesem Ruf nicht folgt, dass er riskiert zu zerspringen, sich auf den Wänden, die im Weg stehen, zu verteilen, dass sogar auch sein Kopf ihm den Dienst versagen wird, weil das Risiko des Übersprudelns, das sich unten ansammelt, ihm den Blick auf die Dinge vernebelt. Etwas Sperma aus sich herausströmen zu lassen und das Zerspringen aufzuschieben, die Explosion zu verhindern, noch ein bisschen im eigenen Selbst bleiben, das ist der Einsatz, der sie besetzt und ihnen diesen Rhythmus eingesperrter Tiere verleiht, dieses Gebaren von Pferden, die mit dem Hufeisen auf das graue Pflaster der Kais hämmern, das ist kein hoher Preis, dazu braucht es nicht viel, einen Hauch Lindenduft in lauer Luft, die Gazelle, die vorbeigeht, macht sich bald an die Arbeit, besänftigt die vernebelnden Spannungen, und die unkontrollierbaren Ströme, die sie forttragen, sie auspressen und manchmal bändigen, beruhigen sich wieder, verteilen sich neu, nehmen andere Konturen an, und der Kreislauf, der beim geringsten Etwas jederzeit von neuem blockiert werden kann, geht vorerst weiter. Wenn es keine Heizer mehr gäbe, um all das zu regulieren, was sich in der Nacht und im großen Schweigen der Worte abspielt, um diese Orgasmen zu ernten, die sich so oft am Ufer des Leidens absetzen und röchelnde, sehr viel mehr an Schmerz als an Freude erinnernde Seufzer entreißen, wo würden sich diese Kräfte dann entladen, denen das Dunkel zu schaffen macht?

Ich wollte vor allem dem Engel der Offenbarung Gerechtigkeit widerfahren lassen, der auf dem Pont de Billancourt aufgetaucht war. Ich wusste, ich würde ihn nie wiedersehen, aber solchen wie ihm verwehrte ich rein gar nichts mehr, ich lief ihnen auf den nächtlichen Baustellen sogar nach, immer gemeinsam mit Martin, wie schon gesagt, in der Umgebung von Bahnhöfen, in den miesen Vierteln, in denen man sie einpferchte, an den Kais des Canal Saint-Denis, da oben, wo er auf der Höhe der Schlachthöfe mit dem Canal de L'Ourcq zusammentrifft. Man musste rennen können, denn man konnte sich nie sicher sein, nicht mit einem Schlag den Bullen gegenüberzustehen oder einer Horde mehr oder weniger faschistischen Heteros, die in einem Abwasch Schwule und Immigranten erledigen konnten. Alles in allem waren da die Bullen noch besser, Los ihr Schwuchteln, zischt ab, doch man musste aufpassen, nicht auf übereifrige Identitätskontrollierer zu treffen, Martin und ich waren noch nicht volljährig, das hätte bei ihm zu Hause Scherereien ohne Ende gegeben, und sogar bei mir wäre es grenzwertig gewesen. Doch die Belohnung war, einen dieser dunklen Männer zu treffen, denen die Hundearbeit jeden Tag den Körper mit unaufhaltsamen Hieben eines glänzenden Schwertes formte, einen dieser knochigen mit feinen Muskelsträngen durchzogenen, von bis zum Zerreißen angespannten Nerven umrankten Körper, umhüllt von dunkler, oft trockener, immer warmer, unter dem Pulsen der Begierde bebender Haut, und mancherorts bewachsen mit krausem und dichtem Gebüsch, deren bei Berührung und mehr noch beim Schmecken – ein salziges, mit Schweiß vermischtes Etwas – spürbare Kraft die unerschöpfliche Vitalität unterstrich, die in diesen noch nicht von der Arbeit und der Zeit getöteten Körpern pulsierte. Denjenigen, die geschmeidige Gesten, gewandte Sprache nicht gewohnt waren und mich nervös in die feuchten Unterschlüpfe zogen, wie Städte sie bieten, wenn ihnen noch Brachen bleiben, hohle Zähne, die der Immobiliendruck noch nicht gefüllt hat, die, ohne ein Wort zu sagen, ohne einen Blick zu wagen, nur auf Gesten zurückgriffen, die ja auch das Einzige sind, was an diesen Orten in diesen Stunden zählt – eine flüchtige Berührung der Schultern, gesenkter Kopf, Hände in den Hosentaschen oder in der Luft, wo sie die Leere umarmen, eine auf meinen Rücken gelegt, die andere zwischen die eigenen Beine, Vorstoß der einen, Angriff der anderen auf das, worum es hier geht –, denjenigen folgte ich und bot ihnen, was der Mann vom

Pont de Billancourt nicht bekommen hatte, diese beiden Körperstellen, wo Männer sich öffnen können, um das aufzunehmen, was im Innern anderer Körper wie eine Rückstrahlung ihrer selbst jedes menschliche Maß übersteigt und danach verlangt, in animalischen Stößen zu verlöschen, ja, wie Hunde unter den Brücken, es war eine Zeit der Jagd, und das Pflaster glänzte von Nässe, Sperma und oft auch von Blut, es trocknete dort vor Ort, niemand wischte etwas weg, doch inzwischen wurde alles asphaltiert, das ist sauberer, und die Welt hat sich um ihre eigene Achse gedreht.

Schließlich haben wir uns den »Kasperln« angeschlossen, zu denen auch Martins Bruder gehörte, denn alles in allem fühlten wir uns bei ihnen am wohlsten, am wenigsten im Widerspruch mit unseren Empfindungen, es war der Schleichweg, um unsere sexuellen Forderungen einfließen zu lassen, ohne dass irgendjemand das Gesicht verzog; es gab, zumindest offiziell, weder Hetero-Bullen noch Hetero-Deppen in den Rängen der Autonomen, jedenfalls nicht bei denen, die wir frequentierten. Und selbst inoffiziell: Wir stellten eine echte Attraktion für diese Mädchen und Jungs dar, vor allem natürlich für die Jungs, denn wir spielten auf ihrem Terrain, und die Mädchen, häufig wildentschlossen, vorpreschend, risikofreudiger, achteten sowieso darauf, bezogen instinktiv und aus gutem Grund alles, was mit Sexualität zu tun hatte, mit ein. Immerhin war der Coup der 343 Schlampen ihr Ding, wir sind nur in ihre Fußstapfen getreten. Die Jungs folgten also, aus Überzeugung und manchmal, um den Respekt derer nicht zu verlieren, die sie bereits in ihrem Bett hatten oder aber darauf spekulierten, sie früher oder später dahin zu kriegen. Außer natürlich die Lesben, die sie wohl mindestens ebenso sehr verwirrten wie wir, zumal sie auf einige von ihnen, buchstäblich prachtvolle Geschöpfe, unglaublich scharf waren – vergebens. Bis auf einen oder zwei und bis auf Antonio, auf den ich noch zu sprechen kommen werde, konnten wir nicht viel mit diesen Jungs anfangen, sexuell, meine ich, aber sie waren insgesamt echt nett und von sprühender Intelligenz, mit ihnen hatte man das Gefühl, vorwärtszukommen, zu verstehen, die Welt zu gestalten; es ist sicher zum Teil dieser Intelligenz, diesem Humor und der Art, wie wir das bedingungslos ausgelebt haben, zu verdanken, dass wir nicht in Depressionen verfielen, als uns klar wurde, dass wir in Sachen Weltgestaltung unsere Stunde hatten verstreichen lassen, auch wenn es sich, zu unserer Entlastung, um eine besonders kurze Stunde handelte. Wir schonten sie nicht, sprachen von ihnen in der weiblichen Form, redeten sie mit Schätzchen an, wir übertrieben es mit dem Tuntigen, ich bin sicher, dass sie im Lauf ihres Lebens, nachdem wir einander wieder verlassen hatten, auch ihren Gewinn daraus zogen, einige von ihnen haben sogar, wie ich später erfuhr, vollen Einsatz gezeigt und uns unterstützt, als das Aidsvirus uns die Glieder auseinandernahm, die Köpfe aufknackte, uns – endlich – einen gemessenen Schritt aufzwang, wo wir doch nur Querwege, Umwege, Winkelgassen und Abkürzungen gehen wollten.

Martin und ich hatten uns Kampfnamen zugelegt, Adélaïde war seiner und Suzanne meiner, als Hommage an unsere Ahnen, für die es haarig gewesen war. In dem Trüppchen autonomer Tunten, zu dem wir uns zusammengeschlossen hatten, gab es auch eine Agathe, eine Amélie, eine Gudule und eine Mirza, plus zwei Josettes, von denen eine zur Unterscheidung aber Zézette genannt wurde; manchmal kam auch eine Adèle, eine hochmütige Null, dabei ein schnuckeliges Jungchen, sogar eine Marie-Antoinette königlicher Herkunft, die kein besseres Pseudonym hatte finden können, um sich für eine Kindheit voller Messen, religiösem Fundamentalismus und Mittelmäßigkeiten à la Maurras zu rächen, und die fluchte wie ein Bierkutscher. Wir zogen keine Fummel an, anders als unsere älteren Schwestern, die Gazolines, auch wenn wir manchmal davon träumten, in Abendkleidern auf die Barrikaden zu gehen oder aber mit Stiletto-Absätzen voll in die Flanken der Knechte, Bullen in Uniform oder Faschos in Zivil zu treten, aus den Jägern

Hunde, aus den Fickern Gefickte zu machen. Sex gibt's nicht getrennt von der Welt, das ist eine der Kernerfahrungen von Frauen und Schwulen, das gehört zu den Rohdaten, die Heteromänner sich aneignen müssen, wir finden sie bei unserer Ankunft vor.

Der italienische Frühling und der deutsche Herbst von 1977 haben uns auf brutale Weise zurück in unsere Sackgassen geführt. Wir zählten durch und stellten fest, dass es niemanden mehr gab, oder fast niemanden, dass die Atomisierung im Gang war und dass es nicht genügen würde, *La Classe ouvriere contre l'État* (»Die Arbeiterklasse gegen den Staat«) von Negri zu lesen. Aus diesem Grund fand ich mich dann im Jahr darauf in Italien wieder, an Massimos Körper klebend, aber die Bewegung von 1977 und das große, schöne Laufwerk von Freiheit, Trunkenheit und Lotterleben, das sie im ganzen Land in Gang gesetzt hatte, waren lahmgelegt und auch in Rom durch die Entführung Moros klammheimlich ins Stocken geraten. In Frankreich hatten unsere älteren Brüder es abgelehnt, die Theorie einer isolierten revolutionären Avantgarde, die für die anderen entscheidet, in die Praxis umzusetzen, in Italien schlängelten sich Tausende von Männern und Frauen durch den engen ihnen noch verbleibenden Zwischenbereich, weder mit dem Staat noch mit den Brigate Rosse, in Deutschland erfuhr man am 18. Oktober, dass es zwischen dem Problem und der Lösung nichts gab. Das hat uns ganz verrückt gemacht, die wir in Paris saßen, wo eben gerade nichts passierte, dass diesen Kerlen nach monatelanger Haft unter üblen Bedingungen und psychischer Folter ein Loch in den Kopf geknallt wurde, also haben Martin, Antoine und ich und noch zwei oder drei von den Kasperln, darunter Antonio, uns gesagt, da fahren wir hin, sie werden sie ja irgendwo begraben müssen, zumindest das sind wir ihnen schuldig. Und sind in einen Zug gen Stuttgart gesprungen, doch vorher noch zwei Worte zu den gebührend angekündigten Gigues, Polkas und Mazurkas, deren Stunde nun geschlagen hat.

Am 1. Februar 77 stürmen Neofaschisten den Campus einer römischen Universität, die, wie die meisten italienischen Universitäten, in Atem gehalten wird von einer fieberhaften Agitation der Studenten gegen einen Erlass ihres zuständigen Ministers Malfatti – bösartig, wie sein Name es ahnen lässt –, dieser sieht vor, wesentliche Verbesserungen im Lehrplan, den Prüfungsbedingungen und Studienzulassungen zurückzunehmen, und sie entfesseln dabei einen Kampf, der mit einer rechten Kugel in einem linken Kopf endet, dem Kopf eines Hundes, Guido Bellachioma, der nach langem Koma überleben wird. Tags darauf marschieren fünfzigtausend Menschen durch die Stadt und setzen Räumlichkeiten der MSI, der faschistischen Partei, in Brand, am übernächsten Tag sind die meisten der Universitäten in den wichtigsten Städten des Landes besetzt, am 5. Februar alle Hochschulen Roms, zu den Studenten haben sich zahllose junge Prolos aus den ärmeren Stadtvierteln und den Fabriken gesellt, allerlei Außenseiter, Feministinnen, Schwule, militante Aussteiger der radikalen Linken, die sich unter der Bezeichnung »Stadtindianer« lose versammeln. Das Ganze ist in Windeseile von Tausenden von Carabinieri eingekreist, und auf geht's zu einer Karussellfahrt, deren Folgen ab dem 17. Februar als Erster kein Geringerer als Luciano Lama auszubaden hat, Vorsitzender der transalpinen Version unserer CGT namens CGIL, entschlossen zu einer Konfrontation mit diesem bunten Völkchen, will sagen zur Maßregelung dieser verdammten Bastarde, die Sand ins Getriebe der raffinierten und zynischen Konstruktionen des Partito Comunista Italiano mit der Christlichen Demokratie streuen wollen. »Wir werden dem tibetanischen Lama mit den Waffen der Ironie entgegentreten«, kündigen die Indianer an, die den Gewerkschaftsboss tatsächlich mit einer Puppe nach seinem Abbild, provokanten Slogans und mit Farbwasser gefüllten Ballons erwarten, die auf den Köpfen der Muskelprotze der gewerkschaftlichen Ordnertrupps zerplatzen. Bekanntlich verfügt die Kommunistische Partei nur über einen sehr begrenzten Sinn für Humor, der sich schnell erschöpft, der Ton wird schärfer, und unter einem Hagel von Schraubenbolzen und Eisenstangen tritt der Generalsekretär der Gewerkschaft den Rückzug an; die Ironie hat ihre Muskeln gestählt, umso besser, all diese Leute werden Kraft brauchen, werden sie doch sogleich unter massivem Tränengasbeschuss der Polizei vom Campus vertrieben. Vergessen wir nicht, dass sie Hunde sind.

Dass wir Hunde sind. Wir werden uns in diesen paar Monaten des zu Ende gehenden Winters und beginnenden Frühlings in ganz Italien stetig vermehren, wir werden bellen, unentwegt unsere Gelüste nach Geld, nach Gerechtigkeit, nach Gleichheit, nach Frieden, nach Sex anfachen, wir werden die Fabriken in Brand setzen, die frevelhaft gefüllten Kassen leeren, wir werden uns die Straßen und Plätze, die Innenstädte und Verkehrsmittel, die Lebensmittel und die Munition wieder aneignen, die Frauen werden sich ihrer Ehemänner, ihrer Kinder entledigen, wir werden lachen, wir werden vögeln, und weitab von diesen Idiotenfallen, in die wir tappen sollen, werden wir, wenn nötig, all denen eins auf die Fresse hauen, die die Kohle, den Wind und den Geist der Zeit umleiten wollen, die uns fachmännisch die Luft abwürgen, sich an unseren Körpern, an unseren Kräften, unseren Hoffnungen, unseren Ängsten und unserer Energie weiden und uns damit unsere eigene Schönheit aus dem Herzen reißen.

Die Agitation nahm zu, seit der Eröffnung des Balls brodelte es vielerorts heftig, und wenn auch einige von denen, die sich von 1969 an wie gegen ihren Willen mit im Tanze drehten, ihre Schritte verlangsamten, so dachten andere darüber nach, das Tempo zu beschleunigen, und wieder andere schlossen sich dem Kampf an, immer noch andere, immer noch jüngere, zwangsläufig schon in einer anderen Logik gefangen – es braucht so wenig, damit die Achse der Welt sich verschiebt und neue Horizonte entstehen, neue Monster auftauchen oder neue Sackgassen. Was das Land 1977 erschüttert hat, was uns erschüttert hat, ist die Tatsache, am Punkt des Umsturzes angelangt zu sein, ist die Freude am Drehschwindel, seinem trunkenen Torkeln und seiner Wut, wir wussten uns auf der Kammlinie und waren bereit, uns den Abhang, der sich vor uns ausbreitete, hinunterzustürzen. Das Epizentrum der Erschütterung war Bologna in der Emilia-Romagna. Bologna, die Vitrine des PCI, der hier seit 1946 an der Macht war, die Musterwohnung des Eurokommunismus, von der Pasolini, *fünfzehn Monate zuvor tot am Strand zerfetzt vielleicht noch ehe er vom Arsch des Mörders hatte kosten können*, der dort einige Zeit lebte, meinte, sie sei eine Anomalie, Bologna, Sitz einer der ältesten Universitäten Europas, in der siebzigtausend Studenten aus ganz Italien aufeinandertrafen, die versuchten anständig zu leben, *Fuori-sede*, Auswärtige, Landlose, von zu Hause umgesiedelt, aber genau am richtigen Ort, um einen PC zu piesacken, der sie verachtete, ignorierte und sie im krassen Widerspruch dazu fürchtete, im krassen Kompromiss, im »historischen Kompromiss«, ab Februar begann Bologna dank Malfatti zu kochen, und am 11. März explodierte es buchstäblich vor Freude, vor Wut, vor Abscheu, vor Begehren und Hoffnung. Ein Tag, an dem sich all das kristallisierte, was seit Monaten in der Luft lag, all das, was sich seit Monaten anspannte und abzeichnete – Besetzung von Unigebäuden, Mundraub direkt von den Tischen der Nobelrestaurants, Selbstverteidigung gegen die Machenschaften von Polizei, Neofaschisten und kollaborationistischen Kommunisten, selbstermächtigte Preissenkungen im öffentlichen Verkehr, beim Strom und Gas, Wiederaufleben des Verlangens, Freizügigkeit der Körper, politische Umarmungen, weil Sex und Welt nicht voneinander zu trennen sind –, ein Tag des Friedens, der entblößten Schultern, ein Tag des Glanzes. Nach einer kleinen Schlägerei am Anatomischen Institut zwischen den Studenten und einer Gruppe der Communione e Liberazione – derart reaktionäre Kirchenleute, dass ihr offen politisches Handeln ihren Schäfchen den süßen Spitznamen »Stalinisten Gottes« einbrachte – greift die Polizei (entschieden auf der stalinistischen Seite) mit Schlägen und Tränengas massiv ein, aber auch mit echten Kugeln, von denen eine Francesco Lo Russo fünfundzwanzig Jahre Mitglied der Lotta Continua trifft und tötet, die Kugel eines rechten Mannes für das Herz eines linken Hundes, und die Nachricht, von Radio Alice übertragen, einem freien Sender, der der Bewegung als Plattform dient, als Resonanzkörper, als Informationsquelle, als Sammelpunkt, legt die Lunte an das Pulverfass: Dieses Mal wird alles in die Luft fliegen, muss alles in die Luft fliegen, unsere Zukunft als Studenten wird genauso wenig die Nase im Staub und Blut auf den Lippen sein, wie unsere Zukunft als Schwule in Ostia oder Reading liegt, etwas in der Dimension von Hass von Wut von Befreiung schnürt die Kehlen zu und steigt in die Augen, strahlt in die Glieder aus, erweitert die Poren, ihr werdet teuer bezahlen ihr werdet alles bezahlen, auch diesen infamen Mord, plötzlich sind wir zehntausend und alle bewaffnet mit Steinen, Masken und Stöcken, bewaffnet mit diesen Cocktails, die in den Bottichen eurer schmutzigen Kantinen zusammengebraut wurden, wo normalerweise der ungenießbare Fraß für uns zubereitet wird, wir marschieren durch die Straßen, zerschlagen die Schaufenster, verwüsten die Büros der gehässigen Kollaborateure, der Banken und Zeitungen, errichten Barrikaden, treten der Polizei entgegen, die uns erwartet, und auch der, die uns im Rücken angreift, machen jede Straße zum Ziel einer Eroberung, der Aufruhr wird langsam zum Aufstand, und der entscheidende Augenblick, der Glanz, die entblößte Schulter bedeuten ja, dass wir uns weit mehr als der Polizei der Notwendigkeit stellen, dass wir alle zusammen Gewalt ausüben wollen, wir stellen uns der unglaublichen Leichtigkeit, sich ihrer zu bemächtigen, und sei es nur für einen Frühling.

Denn wir haben uns der Gewalt bemächtigt, nicht zu knapp, wir haben dem Staat das Monopol darauf streitig gemacht, der uns das noch immer nicht verziehen hat, wir haben es an niemanden delegiert, weder an einen bewaffneten Arm noch an eine geheime Organisation, von der wir leicht hätten sagen können, sie sei die Handelnde und wir kämen in ihren Kalkulationen nicht vor. Kommt überhaupt nicht in Frage, sich auch das noch nehmen zu lassen, diese unglaubliche Ressource, die aus den Körperhöhlen emporschießt, das, was das Gehirn überlaufen lässt und was die Haut ausschwitzt, was mit den Tränen, dem Schweiß, den Lüsten aus unseren Körpern fließt, dieser unglaubliche Druck, den die Arbeitsnorm in den Fabriken auf unsere Wesen ausübt, die Unmöglichkeit, uns in den Straßen zu lieben, die Erfahrung, dass immer eine Kirche, eine Partei, ein Gesetz oder ein Bulle uns hindern, dahin zu gehen, wo wir sein wollen – über uns selbst hinaus, um unsere Liebe, unser Leben, unser Schicksal in die Hände zu nehmen, alles zu umarmen und uns davon durchdringen zu lassen –, diese Schreie der ungewollten Kinder und die endlose Arbeit, die niemand anerkennt, wenn wir am Herd stehen, resigniert und geduldig, diese Talfahrt aus Verhinderungen, Verachtung, Almosen, Ermahnungen, die wir entschlossen sind, im Ganzen zurückzuweisen. Das, was wir jeden Tag einstecken müssen und woraus wir beschließen, in diesen Zeiten des Umbruchs, wo der Umsturz zum Greifen nah ist, lauter Steine, lauter Eisenstangen, lauter Freudenschreie, lauter Waffen zu machen, dass wir den sich ausbreitenden und entschlossenen Gegner, gegen den wir endlich wagen, unsere Hand zu erheben, kurz und klein schlagen können, ja, es sind gewalttätige Zeiten, und wir sind gewalttätig und wir haben nicht vor, uns dafür zu entschuldigen, wir sind der Sturm, den ihr ernten werdet, wir schämen uns dieses Gegenschlags nicht und lassen uns nicht von Gewissensbissen verzehren, und was für einen Ausgang unsere unwiderruflichen Gesten auch nehmen mögen, nichts wird uns jemals den Moment vergessen lassen, als die Last auf unseren Schultern leichter wurde, weil wir zitternd, aber entschlossen und geschickt auf die vor Angst schwitzenden Mauern die ersten Geschosse unseres neuen Lebens abfeuerten.

Am 12. März befindet sich Bologna quasi im Belagerungszustand, aus allen Teilen des Landes rückt Polizeiverstärkung an, und der Aufstand geht weiter, es kommt zu Zusammenstößen, auf einem unter Druck improvisierten Meeting schreit sich die Kommunistische Partei mit

Slogans gegen die Gewalt die Seele aus dem Leib, doch niemand schert sich mehr darum, die Revolte erreicht das Gefängnis, wo die am Vortag Inhaftierten, unterstützt von den »normalen« Häftlingen, sich weigern, in ihre Zellen zurückzukehren, und in einem gemeinsamen Text die Entmilitarisierung der Stadt fordern, die Barrikaden brennen, Brandgeruch steigt auf, in der Nacht jedoch gewinnen die Polizeikräfte wieder die Kontrolle über die Situation, und am Morgen des 13. erblickt die Bevölkerung auf ihren Straßen und Plätzen Panzerwagen, Prag – Bologna derselbe Kampf, dieselbe Methode, dieselbe kommunistische Niedertracht. Kurz, es ist eine verdammte Sauerei, und wenn man darüber nachdenkt, sind dies noch zwei sehr schöne Worte. Besagte Sauerei erreicht am selben Tag Rom, wo auf der Piazza del Gesù, direkt vor der Parteizentrale der *Democrazia Christiana*, ganz nah der Stelle, wo man etwas mehr als ein Jahr später die Leiche Aldo Moros in einem R4 finden wird, Auseinandersetzungen von seltener Gewalt ausbrechen, bei denen sich mehr als hunderttausend Personen gegen die Polizeikräfte stellen und die viele hunderttausende Lira an Sachschäden verursachen, jedoch diesmal keine Personenschäden; sie erreicht Mailand, wo autonome Kollektive im Kielwasser von Rosso und Senza Tregua in großer Zahl zum Sitz der Assolombarda, des regionalen Arbeitgeberverbands, ziehen, um auf der Fassade des Gebäudes eine beeindruckende Menge von Pistolen- und Gewehrmagazinen zu entleeren, sie noch dazu mit Mollis zu besprengen, bis der Vorrat an Kugeln und Benzin aufgebraucht ist, das tut unvorstellbar gut ... Denn worauf diese Waffen zeigen, ist weniger der Feind als vielmehr die Verantwortlichen, die, deren Schuld nie jemand aufdeckt, die, die am Ende auf der ganzen Linie gesiegt haben und sich heute in den Schweinetrögen der Obszönität wälzend den Bauch vollschlagen. Dieselben! Doch die Achse, auf der wir uns damals befanden, hat sich verschoben, der Bruch von 1978 hat unsere Positionen aufgesogen und ausgetrocknet, die Macht der Notstandsgesetze hat uns gezwungen, zu etwas anderem überzugehen, aber nichts ist beigelegt, wie man weiß, alles ist noch schlimmer.

Und dass alles noch schlimmer wird, das wissen wir seinerzeit in Frankreich, nicht etwa, weil wir ungemein scharfsinnig oder überaus weitsichtig wären, sondern weil wir uns der Entmutigung schon ergeben haben, während Italien anschwillt, während Deutschland erstickt, sind wir hier nur noch ein paar Hanseln. Instinktiv fühlen Martin und ich, dass die Türen, die sich bei uns öffnen, zahllose Sackgassen verheißen: Seien wir mal ehrlich, die Ökologie ist uns scheißegal, die Zersplitterung der Gemeinschaft macht uns Angst, und über die Schlappschwänzigkeit der neuen Philosophien spotten wir, überzeugt, dass sie zu nichts führen. Wir haben unsere Ärsche in den Dienst des Volkes gestellt, wie gesagt, von dieser Seite gibt es nichts zu bereuen, doch etwas fehlte uns immer und wird uns immer fehlen, nämlich: nicht im richtigen Moment angekommen und auf der Seite der Aktion gewesen zu sein. Wir hatten den Mut, unsere Körper aufs Spiel zu setzen, sie den Armen von Männern anzubieten, von Männern, die niemand wollte, doch den Mut, ausgetüftelte Anschläge durchzuführen, hätten wir auf keinen Fall gehabt. Es fehlte uns also die tragende Welle, die, in einer ungedachten Flut, alle Kräfte des Körpers in ein kollektives Bad schwemmt oder schleudert, in welchem die erzeugte Kraft immer größer ist als die Summe der eingebrachten Einzelkräfte. Wir wären im Wissen, dass es ein Fehler sein könnte, das Risiko eingegangen, wir wären so gerne nicht hinter den Ereignissen zurückgeblieben. Doch wie die Achse der Welt in der Stunde deiner Geburt ausgerichtet ist, kannst du dir nun mal nicht aussuchen.

Im März 1977 waren wir noch nicht volljährig, unmöglich unsere Eltern dazu zu bewegen, uns eine Ausreisegenehmigung für Minderjährige auszustellen, vor allem für Martin. Wir haben uns also nicht der italienischen Sauerei angeschlossen. Wie gesagt bin ich im Jahr darauf nach Italien gefahren, ohne irgendjemanden um Erlaubnis zu fragen, meinen Eltern gaukelte ich vor, ich würde mit ein paar Freunden in einer alten Ente eine Tour nach Rom, Florenz und Venedig machen, doch in Wahrheit musste Martin zu Hause bleiben, ich fuhr alleine mit dem Zug hin und koppelte mich endlos lange Tage an Massimos Körper, ich komme noch darauf zurück, denn was ich hier von dieser Geschichte berichte, weiß ich von ihm, Massimo, dichtes Gebüsch und knorrige Glieder wie Weinstock und Olivenbaum. Im März 1977 köcheln wir in Frankreich am Boden des Topfes, in dem das Revolten-Ragout schon so oft umgerührt wurde, dass wir nur noch der festklebende Satz sind. In etwas mehr als einem Jahr werden die Roten Brigaden Moro entführen, und der Paroxysmus der Gewalt wird sich in seinem langen, ausgedörrten, in einem Kofferraum zusammengerollten Körper festsetzen, eine Gegengewalt, die der Gewalt des Staates mindestens gleichwertig ist, und in Massimos Armen werde ich entdecken, dass es zwischen dem Staat und den Brigate Rosse nicht viel, wenn auch nicht nichts gibt. Und vor etwas weniger als einem Jahr fand man in einer Zelle des Gefängnisses Stuttgart-Stammheim Ulrike Meinhof erhängt, aber nicht viele, die an einen Selbstmord glaubten. Für uns, dazwischen, die wir so gerne ein bisschen mehr als nichts gewesen wären, bedeutete dies einen erneuten Ausbruch der Wut und Revolte, von dem wir uns zügellos mitreißen ließen, ohne dass es etwas anderes nach sich zog als unsere Lust, unser Bedürfnis, es mit jemandem aufzunehmen, anzufeuern, doch wir waren nicht Sartre und wagten nicht, öffentlich einen Zusammenhang zwischen der BRD und den Verbrechen der Nazis herzustellen. Also legten wir symbolisch eine Bombe am Pariser Sitz zweier deutscher Stahlunternehmen, am Deutschen Kulturzentrum in Toulouse und am Sitz von Daimler-Benz in Nîmes nieder, während in Italien unsere Brandbomben touristische Vertretungen in Rom, mit Bosch oder Volkswagen kollaborierende Ziele in Mailand, das westdeutsche Konsulat in Venedig zerstörten und die Mauerwände sich mit verzweifelten Plakaten bedeckten, Ulrike Meinhof mit kurzen Haaren, die Hände auf dem Kopf, darüber *Assassinata Ulrike Meinhof*, darunter *Pagherete caro, pagherete tutto*, die Engelsmienen für immer umrahmt von Lorbeeren der Vergeltung, von Kronen der Rache. Natürlich reagierten wir auch in Deutschland auf diese Ermordung: eine Bombe vor dem Sitz des Radios der amerikanischen Streitkräfte in München, ein Molotowcocktail auf den Justizpalast in Wuppertal, brutale Zusammenstöße mit Angriff auf Geschäftsstellen von American Express und das amerikanische Kulturzentrum in Frankfurt, *Ulrike ist tot, retten wir die Lebenden*. Die Lebenden, damit waren nicht nur die unter uns auf freiem Fuß gemeint, sondern vor allem die Gefangenen, Opfer dieser schändlichen Behandlung – sogar schlicht und ergreifend Ermordung –, die Isolationshaft und sensorische Deprivation bedeuten, welch feines Prozedere, ein amerikanisch-deutsch-britisches Forschungsergebnis, bereits mit Erfolg von den Engländern an den IRA-Gefangenen getestet, von den Deutschen an den Mitgliedern der Roten Armee Fraktion, von den Amerikanern in den Hochsicherheitstrakten ihrer Haftanstalten. Das in unzähligen Gefängnissen Westdeutschlands angewandte Basisprinzip ist das der *Camera silens*, Frucht der Arbeit eines Hamburger Universitätsprofessors (man kann den Forschern nicht genug für all die Wunderwerke danken, die sie entdecken): in den Zellen neben, unter, über dir keine Menschenseele, Tag und Nacht Neonlicht, keine Sicht nach draußen, täglich eine Stunde Spaziergang allein in Handschellen, kein Besuch nicht ein Wort nicht ein Kontakt, kurz Folter, die früher oder später Angst, Paranoia und jede Menge Beeinträchtigungen psychischer und physischer Art, wie zum Beispiel Hör- und Sehstörungen, auslöst. Ulrike Meinhof war der *Camera silens* in mehreren Zyklen ausgesetzt, der erste dauerte zweihundertsiebenunddreißig Tage, wir wussten das, wie hätten wir da untätig bleiben sollen? Und all die unsrigen in ihren Zellen, die an Ulrikes Todestag in den Hungerstreik traten – diese Waffe, die man sich selbst ins Lebendigste des Körpers hineinbohrt und die man, sobald ein bestimmtes Stadium überschritten ist, nicht mehr aus den Eingeweiden rauskriegt, wo sie feststeckt, so dass man sie bis zum Ausklang der Seele vordringen lässt, wie kaum zwei Jahre zuvor in Wittlich Holger Meins, ein abgemagertes Mikado aus Knochen, vom eigenen Atem schon verlassen, ein Hund von knapp vierzig Kilo, die sich auf eine Länge von einem Meter neunzig verteilen.

Nicht den unauslöschlichen Hass aus den Augen verlieren, den wir ausgelöst haben, pathologisch, archaisch. Mir, der ich als Gefangener meines tatenlosen Alters in Frankreich festsaß, schnürte es die Kehle zu, ihn mitzuerleben, ich habe ihn nicht vergessen; daher erstaunt mich das Schweigen kaum, das ihn doch gleichermaßen bedeckt, ihn verwischt, ihn offenlegt.

Zwischen dem 9. Mai 1976, dem Tod Ulrike Meinhofs in Stuttgart, und dem 9. Mai 1978, dem Tod Aldo Moros in Rom, gab es den 9. Mai 1977, ein Datum, das ich in der exakten Mitte dieser beiden Jahre wie eine zusätzliche Fiktion erhebe, wie einen Ausgleichspunkt zwischen dem Großbrand des italienischen Frühlings – Bologna im März, ihr werdet teuer bezahlen ihr werdet alles bezahlen – und dem branderstickenden Dämpfer des deutschen Herbstes – die in ihren Isolationszellen erhängten oder von Kugeln durchsiebten Leichen, Stammheim 18. Oktober, der Staat tötet seine Angreifer –, in Wirklichkeit aber ein Punkt schwankenden Bodens, weil die Ritzen für Sonnenlicht, die wir doch unter den Zwangsmauern freigekratzt hatten, sich von da an allmählich wieder verschlossen, diesen Zwangsmauern, die seither durch Geldwände ersetzt wurden, deren Fundamente niemand mehr zu unterhöhlen versucht. Da hat sich mir wieder ein Junge angeboten, der trotz der Einladung und des bohrenden Verlangens unberührt blieb, nach der Vorlage meiner pornographischen Urszene, drei Jahre nach ihrem ersten Auftreten. Und es wird nicht die letzte dieser Art sein, was beweist, wie vollkommen gleichgültig unseren wesentlichen Bedürfnissen die Zeit ist, die nur den Körper betrifft. Auf die Gefahr hin, mich zu wiederholen: Sex gibt's nicht getrennt von der Welt.

Ich kannte den Namen dieses Jungen und konnte ihn also, im Gegensatz zu dem Mann vom Pont de Billancourt drei Jahre zuvor, benennen, doch ebenso wenig berühren: Antonio, Sohn spanischer Basken, in Frankreich mit der Last des Exils seines Vaters auf den Schultern geboren. Wieder ein Mann des Südens, wieder ein dunkler Mann, wieder ein harter Mann, ein bronzefarbener Mann in Reichweite meiner Hände, die ich nicht auf seinen umwerfenden Körper legte, den er mir indes darbot. Er pflegte lockeren Kontakt zu den »Kasperln«, mit denen Martin und ich die meiste Zeit verbrachten, und war zu allen Schandtaten bereit, keine Bubenstücke, sondern echte politische Coups, ich habe miterlebt, wie er sich maskiert und nervös in zahlreiche Demonstrationszüge einschlich, um die Polizeikräfte, die Faschos, die Schaufenster mit seiner doppelten Wut zu bewerfen, der aus franquistischen Jahrzehnten geerbten Wut und der aus unseren blassen Jugendjahren, die unnütz waren für alles, was nicht dem wirtschaftlichen und eitlen Ruhm der von Marshall unterstützten Jalta-Sieger diente.

Ein Wort noch zu Martin, dem Kontinent Martin, dem ich so viel verdanke, dem ich alles verdanke, an erster Stelle, das ist wohl deutlich geworden, die Fertigkeit, in mir zu lesen, meinen Körper zu lesen, indem ich seinen las. Denn wenn ich auch, als sich der Mann auf dem Pont de Billancourt mir anbot, von nichts eine Ahnung hatte, so hatte ich bei Antonios Erscheinen dank Martin bereits einige jener Waffen poliert, deren Brauchbarkeit sich bis heute, da ich dies niederschreibe, bewährt hat. Martin hatte mir gesagt, Also, so geht's, und ich hatte Martin gesagt, Also, so geht's, und zusammen sind wir auf Erkundungstour unserer Körper gegangen, unserem einzigen Besitz. Der Entdeckungsrausch ließ uns beide fast jeden Tag dieses Frühjahrs 75 ineinanderfließen. Dieses erste Mal, als wir folgende Schwelle überschritten: Martin auf dem Rücken am Bettrand, ich auf dem Boden kniend, seine Beine locker auf meinen Schultern ruhend, sein Schwanz in meinem Mund in so perfekter Entsprechung, dass wir manchmal in der Bewegung innehielten, konzentriert, er in meinem Mund, ich ihn aufnehmend, in der unwiderruflichen Gewissheit hiermit, ohne uns etwas vorzumachen, das Wesen der Welt und ihre wesentliche Funktion zu berühren, mit einem Wort, auf der Welt zu sein, und in der Lust, die unsere Körper öffnete, ihre Grenzen verrückte, der Lust, die die Welt ins Unendliche erweiterte, in der wir uns einrichteten, der Lust, die unsere Körper ins Unendliche erweiterte, in denen wir die Erde, die uns trug, aufnahmen, sagte Martin zu mir, Nimm mich, ich kannte zwar den Sinn nicht, der sich hinter diesen zwei aneinandergereihten Worten verbarg, aber doch die Sache, die sie bedeuteten, er zog sich aus meinem Mund und seine Beine von meinen Schultern zurück, zog diese an sich heran, bis Knie und Oberkörper sich berührten, ich erhob mich, kam seinem Wunsch nach, und sein Körper öffnete sich, die Welt strömte nach mir in ihn hinein, und Martin zerbarst lächelnd auf dem Bett, meinen Blick in seinem, Lass mich nicht allein in solch einer Lust ... Bestimmt konnte ich schon am nächsten Tag oder noch am selben Abend diese Erfahrung des Zerberstens teilen, die der Körper erlebt, wenn man ihn sanft beim Vorstoß des anderen, der in uns eindringt, öffnet. Martin tief in mir, elegant, aufmerksam, Und wenn ich zu schnell bin, sag mir, ich soll langsamer machen, Nein, Martin, mach weiter, zwischen uns beiden gibt es nur noch unsere Haut, ich will, dass die Welt eindringt, mich öffnet, mich vergrößert, wenn sie mich vernichtet, vernichtet sie mich eben; wir haben da wirklich große Wunder berührt. Und tatsächlich vernichtete sie uns, sie hat Martin sogar ihre Schönheiten entzogen, die Welt ist nicht zärtlich zu den Hunden, die sie aufzieht, man fragt sich, warum sie uns überhaupt behält, anstatt uns, sobald wir die Augen öffnen, zu ertränken. Fünf Jahre, sie hat uns fünf Jahre zugestanden, und danach noch ein paar Zerquetschte, dann hat sie ihre Ausrichtung verändert und wir folglich unseren Horizont, also tauschten wir den Tod des Staates gegen den antiken Tod, den vorstaatlichen Tod, den Seuchentod, den Tod, der die Hunde aussiebt.

Es ist also der durch unsere gegenseitigen Bemühungen geöffnete Körper, den Martin und ich in den folgenden drei Jahren in Angriff genommen haben, wobei wir es uns zum Ziel setzten, ihn regelrecht darauf hin zu trainieren, indem wir uns, wie gesagt, erst den einen hingaben, dann den anderen, schließlich allen, die das Elend in die Kuhlen der Grünanlagen, die tiefen Furchen der Städte geworfen hatte. Geübt war ich auch, sogar mehr als mir lieb war, in der Lähmung, die mich manchmal angesichts eines dargebotenen Körpers befiel – Billancourt, Antonio –, deren Grund ich nicht weiß, auch wenn ich ihn erahne. Antonio: ein Braunhaariger flach muskulös behaart, die langen

Haare wie wir alle mit einer automatischen Handbewegung unentwegt aus der Stirn streichend, die Beweglichkeit einer Libelle (ausdauernde vor Ungeduld vibrierende Schwebeflüge, brüskes Sichfallenlassen, seitliche Flugmanöver, unhaltbare Vorstöße), wertvoll bei Demos, dreivier Jahre älter als ich, immer ein kleines Lächeln auf den Lippen und eine feine Ironie im Blick, er hatte eine offizielle Freundin an einem anderen Fachbereich der Uni, und eines Abends, als wir ein bisschen zu viel gekifft hatten, verpasste er mir zum Abschied einen ebenso klaren und frischen wie eindeutigen und ungehemmten Zungenkuss, Salut Kamerad. Es war mir durch Mark und Bein gegangen, dass nun ich, der Schwule, der normalerweise die durch ihren eigenen Männlichkeitswahn entfremdeten Heterokameraden provozierte, der begossene Gärtner war, wörtlich bei der spitzen Zunge genommen von einer Hete. Martin, der mir schon seit einigen Monaten sagte, Antonio sei scharf auf mich, war begeistert, Versuch dein Glück Cheric, du könntest es nicht besser treffen.

Wir verfolgten die Ereignisse in Deutschland und auch die in Italien sehr genau, die Zimmer, in denen wir wohnten, waren nicht groß genug, um unseren Durst fassen zu können, endlich den Sieg der Sieger vollendet zu sehen, endlich abzuschließen mit dem Erbe dieser Résistance-Väter oder Kollabo-Nazi-Fascho-Franquisten-Väter, die das von ihren Vätern zu Beginn dieses Jahrhunderts zerstückelte Europa wieder zusammennähten, wir wollen nicht so leben, wie ihr gelebt habt, in Hass, in Gewalt, in Verrat und Mord, wir werden uns der Scheren, Nadeln und Fäden, die ihr uns verweigert, bemächtigen, sie aus euren Raubvögel-Händen reißen, die Stoffe neu spannen, die Nähte beseitigen. Die Zimmer waren klein und der Rauch dicht, der Sieg unserer Väter verdankte sich in erster Linie der Lähmung, die uns angesichts des wütenden, verheerenden, grausamen Sturms befallen hatte, zu dem wir doch hätten ansetzen müssen. Es war in einem dieser Zimmer, im Anschluss an eine kurze, koordinierte Aktion, bei der wir mit Martin, seinem Bruder, Antonio und ein paar anderen aus unserer kleinen Gruppe zwei drei Bullen mit Steinen beworfen, ein paar Schaufenster demoliert und dann schnellstens das Weite gesucht hatten, ein Krampf, ein kurzer Ausbruch, der im Weglaufen endete, jeder zu sich nach Hause, als ob nichts wäre, ich kam mit zu Antonio, weil ich vorgegeben hatte, drei Tage zu verreisen, um die Eltern Nachbarn Freunde nicht aufzuregen, denen ich unser Vorhaben ruhig hätte gestehen können – es ist also in einem dieser Zimmer, vor dem Einschlafen, die Anspannung hat nachgelassen, doch die Nerven sind noch von Restzuckungen aufgewühlt, dass mir zum zweiten Mal die Verkörperung meiner dunkelsten, primitivsten, archaischsten, tiefsten Wunschvorstellung die Kehle zuschnürt, der braune mir geschenkte Mann, der Knochenbau von kräftigen Muskeln umflochten, kurze und dichte Behaarung, die man, ohne sie überhaupt berührt zu haben, in den Handflächen spürt, der dargebotene Block des Abgrunds, in dem man sich endlich auflösen könnte, und zum zweiten Mal lehnte ich die überwältigende *offerta* ab, Gute Nacht Kamerad, *sogni d'oro*.

Doch in der Stille der Nacht setzte sich das Sprechen fort, denn wenn auch die Aktion nicht unsere Stärke war, das Sprechen umso mehr, es war sogar mit das Beste und Stimulierendste, was die »Kasperl« uns zu bieten hatten, nicht das redselige, sich an sich selbst berauschende Sprechen, sondern ein Verhältnis zur Sprache, zum Klang und auch zur Subversion des Sinns, die zu jener der Sinne führt, die uns oft über uns selbst hinaustrug, in Höhen, in die wir ohne diese wertvolle Hilfe niemals gelangt wären. Die in Antonios Augen aufblitzende Ironie zeigte sich in seinen Worten, dem beweglichen Geist, dieser äußerst verführerischen Melange aus geschmeidigem Körper und entfesselter Rede. Und wir redeten, ich stand ihm in nichts nach, während die Nacht alles erfasste, bald auch unsere Glieder, denn die Anspannung war abgelegt, aber ich musste im Dunklen weiter zu Antonio sprechen, und ich musste im Dunklen weiter seine Stimme hören, um diesen heiklen Moment noch weit hinauszuschieben, wo ich ohne

Angst an den Augenblick zurückdenken konnte, in dem ich verzichtet hatte. Antonio hatte sich beim Reden langsam vor mir ausgezogen, als ob er allein wäre, ich meine ganz natürlich, ohne vor mir einen Striptease oder so zu machen. Und ich hatte mich auch langsam ausgezogen, noch langsamer sogar, die Gesten verlangsamt durch das, was meinen Blick in Beschlag nahm, und wenn die Einladung auch weniger direkt als auf dem Pont de Billancourt war, so war sie doch zwischen seinen Beinen sichtbar, diskret sichtbar, ein Anflug von Einladung, eine Möglichkeit. Antonio setzte sich auf den Rand seines Bettes, ich streckte mich auf der Matratze, die für mich auf dem Fußboden lag, in Reichweite seiner Stimme, seitlich aus, dann, auf das Kissen gestützt, den Kopf in die Handfläche gelegt, gab ich mich ganz meinem Blick hin, und auch Antonio, ohne einen Zentimeter zu weichen, überließ sein ganzes Sein meinem Blick. Und die Fülle des Blicks setzte jede Möglichkeit der Geste aus, meine kontemplative Lähmung erreichte ihn, denn auch er rührte sich nicht, und ich legte meine Hand auf keine der verheißungsvollen Herrlichkeiten, die dieser Junge mir anbot, weder auf seine bis auf die Schultern fallenden braunen Locken noch auf seinen bronzenen und harten Oberkörper, gesprenkelt wie schattige Seide, noch auf seine verschlungenen unbehaarten Beine noch auf sein Geschlecht, das nicht mehr verlangte als einen Atemhauch oder Kuss, um sich langsam dorthin aufzurichten, wo mein Verlangen ruhte, meine Hand ließ ich auf meiner Hüfte liegen. Es hängt von so wenig ab, von der Geste, die man nicht wagt, dem Wort, das man nicht sagt, dem Seufzer, den man zurückhält, und die Stunde der Möglichkeit verstreicht, die erlesene Stunde, die blaue Stunde, die Stunde entblößter Schultern. Ich hätte mich langsam auf den Rücken drehen, den liegenden Antonio am Fußgelenk fassen und zu mir ziehen können, wo er sich sanft auf mich gelegt hätte, Küss mich Kamerad, Fick mich Kamerad, dein Schwanz ist die Welt und die Welt durchdringt uns, ich hätte mich halb aufrichten, zu seinen Füßen hinknien, ihn in meinen Mund nehmen, nach seinem Arsch suchen können, während ich seine Schenkel anhebe, Öffne dich Kamerad, ich bring dir die Welt, lausch ein wenig dem Wind, der unsere Begierden mit dem fernen Krieg vermischt, den wir nicht führen werden. Antonio der Fremde, der Baske, Sohn eines Basken, bereit, mir alles zu geben, und ich, der ich nichts genommen habe, aus Angst, in den offenen Tiefen unterzugehen, und ich, der ich nicht nehme, was die Männer mir anbieten, wenn ich nichts verlange, die harte Fülle ihrer Körper und unsere Revolutionen.

Wir sind in einen Zug gen Stuttgart gesprungen, Martin und ich, Antoine und Antonio, sie werden sie ja wohl irgendwo begraben. Martins Bruder war tiefer in die Sache verwickelt, als wir alle, selbst Martin, gedacht hatten, der familiäre vor sich hin faulende Nährboden hatte zwei wirklich außergewöhnliche Schösslinge hervorgebracht – jeder auf seine Art. Er war total ernsthaft und organisiert, konnte ein bisschen Deutsch, hielt Kontakte nach Deutschland. Martin und ich waren erst vor kurzem volljährig geworden. Ein Fahrplan-Kuddelmuddel, ein verpasster Anschluss und eine ziemlich unbequeme Nacht im Bahnhof von Baden-Baden führten dazu, dass wir erst am Tag danach, am 28. Oktober, in Stuttgart ankamen, doch überall herrschte noch eine nervöse Anspannung, vereinzelte Grüppchen zogen über die Rasenflächen hin zum Grab – ein einziger Grabstein für drei Namen –, blieben dort kurz stehen, entfernten sich, kamen wieder zurück, und man musste nicht gerade ein großes Licht sein, um zu ahnen, dass die Bullen den gesamten Friedhof flächendeckend überwachten, drei Viertel von ihnen in Zivil, am Vortag war es am Rand des Trauerzugs zu ziemlich heftigen Zusammenstößen gekommen. Unsere eigene Anwesenheit an diesem Ort, zu dieser Stunde, aus diesem bestimmten Anlass, erzeugte in uns eine Art Fremdheitsgefühl. Dieses Mal gab es zwischen ihnen und uns gar nichts mehr, doch sie lagen in der Grube und ihre Körper, die seit langen Monaten, seit Jahren diese bald unsinnige und diffuse, bald präzise und kalkulierte Gewalt ertrugen, die sich ihnen in Form von Schweiß, von Lachen, von Tränen und in Form von Flüchen eingeschrieben hatte, in Form von Prellungen, von durch die Verweigerung medizinischer Behandlung und durch Zwangsabstinenz unterhöhlten Grundfesten, durch Schläge, Bedrohungen, Bespitzelung und Angst, durch Hungerstreiks sowie ihrem sadistischen Korollar, der Zwangsernährung, unterhöhlten Grundfesten und ganz zuletzt durch Kugeln, die die Haut zerlöcherten, oder durch zusammengeknüpfte Stricke, die den Hals mit einem lila Ring einfassten und die Halswirbel entzweibrachen, ihre Körper waren nun in der Erde, vermutlich bleich, die Gesichter vom Atemschwund verschattet, und wir waren am Leben, vermutlich bleich, doch wurden unsere Gesichter verschattet von um den Hals geschlungenen, bis zur Nase hochgezogenen Tüchern und unsere Stirn verdeckt von Mützen, dem Anlass durchaus angemessen, doch mehr noch wegen der Bullen, die wahrscheinlich alles filmten, unsere von Tränen der Wut oder der schlichten Trauer immer wieder verschleierten Blicke mussten genügen.

Warum waren wir hier bei den deutschen Kameraden, von denen wir nicht das Geringste wussten, bedeutete unsere Anwesenheit eine blinde Zustimmung zu zweifelhaften Taten, die jedwedes menschliche Handeln fatalerweise nach sich zieht? Dies sind Fragen des Danach, nach

Martins Tod, Fragen des Jahres 1990, Fragen, wie sie Fassbinder unmittelbar nach den Ereignissen auf dem Höhepunkt der Hysterie in seinem Beitrag zu *Deutschland im Herbst*, einem in der Dringlichkeit der furchtbaren Situation rasch gedrehten kollektiven Film, seiner unbewegten Mutter stellt: Aber ist denn das Schlimmste nicht gerade, dass die Terroristen Gründe haben, die du verstehen könntest? Als ich mich am 28. Oktober 1977 auf den Dornhaldenfriedhof in Stuttgart begab, habe ich eine Verabredung getroffen, eine Verabredung mit mir selbst, mit der Welt, mit dem Band, von dem ich wollte, dass wir es gemeinsam knüpfen, zusammen mit meinen Geliebten, mit meinen Freunden, mit all denen, die spüren, dass nach Auschwitz, den Ardeatinischen Höhlen und Drancy man zumindest alles hätte neu überdenken müssen, zusammen mit den Toten, und dass nichts dergleichen geschehen ist. Ich schäme mich nicht und habe mich nie für diesen Eifer meiner späten Jugendjahre geschämt, der vom inzwischen überall triumphierenden Zynismus als Romantik, Exaltation, als Verblendung abgetan wird. Wissen Sie, es geht mir genau an dieser Stelle darum, aufzuzeigen, wie die grausame Falle jener wahnwitzigen Jahre über uns zuschnappte und wie sehr mich, mag das auch lächerlich wirken, die Fallensteller ankotzen. Auf dem Grabstein in Stuttgart vereint, Baader, Ensslin, Raspe, geboren 43, 40, 44, gestorben am 18. Oktober 1977; etwas mehr als sechshundert Kilometer nördlich, alleine in Berlin-Mariendorf, Ulrike Meinhof, geboren 34, gestorben am 9. Mai 1976. Und dazwischen nichts.

Stuttgart war ein Epilog, verstehen Sie, heute wissen wir, dass Ende 77 die Erde Risse bekam, dass der kleine Riss, der die Mauer durchzog, bald als riesiges Loch klaffen würde, doch zu jener Stunde, die nichts Blaues hatte, eine Stunde zitternder Rücken statt entblößter Schultern, wussten wir es nicht, weil es ja unsere eigenen Schritte waren, die ersten, die darauffolgenden, die Schritte unserer gereizten wutentbrannten Jugend, die jeden Tag mehr dessen Umrisse ausstachen. Ich habe schon die Klänge der Tanzmusik erwähnt, die deutlich von der anderen Seite der Alpen zu vernehmen waren, aber noch nicht das um vieles bedrohlichere Getöse, das sich von Deutschland her erhob und an diesem 18. Oktober in den Ohren ganz Europas widerhallte, ein Widerhall, von dem heute niemand mehr sicher ist, ihn überhaupt gehört zu haben – so ein Widerhall hängt an einem Nichts, er geistert seltsam in der Luft umher und wird vergessen, schneller noch als die Bilder, zumal, wie das Sprichwort sagt, tauben Ohren ... Denn der 18. Oktober ist nur eine Unterbrechung und nicht der Abschluss einer langen Saison tödlichen Eingesperrtseins, fortschreitenden Erstickens, bedrohlicher Gebärden. Den Italienern bleibt noch ein Jahr der Wut, noch ein Jahr der Freuden und völlig verrückten Versuche, ehe sie in der grauenhaften Schockstarre über die Entführung Aldo Moros versteinern, und dann wird es auch für sie gelaufen sein, ich konnte es aus der Nähe mitansehen, durch Massimos Augen, ich werde es noch erzählen. Und wir in Frankreich – halten Sie sich gut fest –, wir würden währenddessen über die günstige Gelegenheit nachdenken, uns durch Wahlen all die vom Hals zu schaffen, die uns jeden Tag zu ebendiesem raushängen, Verfechter der schwindelerregenden Mittelmäßigkeit jener Jahre, Kohorten von Giscard-Anhängern, Dienstleute der Präfekturen und Bürostützen, und unzufrieden darüber, dass wir diese Möglichkeit überhaupt in Betracht zogen, haben wir es zu allem Überfluss verbockt, da sieht man, wo wir standen und zu was wir taugten: zu nichts, mit untätig hängenden Armen.

Ich habe von Polkas, Gigues, Mazurkas gesprochen, aber in Wahrheit tue ich mich schwer, die richtigen Worte zu finden, um die fatale Abfolge zu schildern, die, am 2. Juni 1967 im Innenhof eines Gebäudes der Krummen Straße mit der Erschießung Benno Ohnesorgs durch einen Bullen in Zivil in Gang gesetzt, ein Jahrzehnt später mit den drei Toten von Stammheim endet und die eine Handvoll Frauen und Männer – logistisch unterstützt von einigen hundert Personen, politisch und moralisch von tausenden anderen – einen Staat angreifen sieht, der sich nicht einmal dreißig Jahre zuvor der entsetzlichsten Verbrechen schuldig gemachte hatte, denen sich die Geschichte je ausgesetzt sah, und der sich unter der aktiven Mitwirkung der Mörder von gestern und der Sieger von heute im Verschweigen, Verleugnen und Vertuschen wieder aufbaute. Derselbe Staat leitete gegen diese Handvoll Menschen unglaubliche Maßnahmen ein, schreckte vor keinem auch noch so niederträchtigen Vorgehen zurück, tötete, verhaftete, folterte, ermordete, schüchterte die Anwälte der Verteidigung ein, hörte sie ab und versuchte sie zu Komplizen ihrer Mandanten abzustempeln, dies unter der unermüdlichen Mitwirkung der Lakaien der Medien – und ich verwende hier absichtlich diese Terminologie, über die man gerne spottet, doch wenn man einen auch nur flüchtigen Blick auf die Zeitungen und Nachrichtensendungen jener Zeit wirft, auf ihre hasserfüllten Kommentare, die Unwahrheiten, die sie über alle möglichen Kanäle direkt von den Ministerien her in Umlauf brachten, die unerhörte Voreingenommenheit, in der sie sich einrichteten, so ist man verblüfft, dass eine solche Obszönität überhaupt möglich war. Und im Nachhinein wundert man sich ... Dass sie sich zehn Jahre halten konnten, grenzt an ein Wunder, ich wage nicht, mir die Belastung der Körper, den Zwiespalt der Seelen vorzustellen, und ich erinnere hier an die Namen der vielerorts in den Straßen und im Lauf dieser Seiten verstreuten Toten, Petra Schelm irgendwo in Hamburg, Thomas Weisbecker in Augsburg, Georg von Rauch am Ende der Eisenacher Straße mitten in Schöneberg, wo es keine Erinnerungsplakette gibt im Gegensatz zu dem Hof, in dem Ohnesorg starb, wie herumstreunende Hunde auf der Straße zur Strecke gebracht oder unter unmenschlichen Haftbedingungen in den Gefängnissen, aus absichtlichem Mangel an medizinischer Behandlung oder am Ende der langen Hungerstreiks, Durststreiks, die den Rhythmus der Zeit bestimmten, repressiv, unterdrückend, und die die erste Welle der Aktionen der Rote Armee Fraktion von 1972, über die ich schon sprach, von der zweiten, der von 77, trennten, um die es hier und jetzt gehen wird, Holger Meins, Katharina Hammerschmidt, Ingrid Schubert, alle drei geboren, als ihre Väter überall in ihrem Heimatland und in Gesamteuropa massenhaft die Juden ermordeten, und nicht nur die Juden, und Siegfried Hausner, acht Jahre vor mir in Selb in Bayern geboren, woran es manchmal hängt.

Martin, wenn du wüsstest, wie sehr mir dein Körper fehlt, welche Kraft ich aus dem ach so süßen Fleisch deiner Schenkel, deines Arsches schöpfte, die mich noch immer trägt, wie könnte ich vorwärtsgehen, wenn ich dich nicht gehabt hätte, wie die Last dieser vor unseren

Augen erlittenen Niederlage ertragen und das darauf Folgende? Massimo, die in meinen Handteller eingeschriebene Kontur deines Schwanzes verlässt mich nie, sondern ist verschmolzen mit dem, was ich von der Welt, in der wir leben, verstanden habe, mit dem, was in ihr auf dem Spiel steht ... Gott weiß, dass alle Männer in einem bestimmten Moment versuchen, Geschichte auf die gleiche Art zu schreiben, wie sie eine Nummer schieben, ohne Rücksicht auf den Körper, in den sie ihren Schwanz wie ihre Kugeln hineinjagen; mir scheint, wir haben gemeinsam versucht, es anders zu handhaben, und dass ich es unter anderem euren so geliebten Körpern verdanke und den Körpern der Fremden, zu denen ich, indem ich ihnen den meinen öffnete, sagte, Kommt, ihr seid hier willkommen, mich nicht unnütz und bleiern zu fühlen, vielmehr für einen Augenblick die Last der Welt, ihre ständigen Verschiebungen und ihren bitteren Geschmack durchkreuzt zu haben.

Am 29. März, während ganz Italien schon in Aufruhr geraten ist und die französische Linke, allerdings ziemlich unkoordiniert, daran arbeitet, ein gemeinsames Regierungsprogramm für die Wahlen im kommenden Jahr, die sie dann verlieren wird, aufzustellen, starten die Gefangenen der Roten Armee Fraktion und der Bewegung 2. Juni ihren vierten Hungerstreik, mit dem sie den Status von Kriegsgefangenen, das Ende der Isolationshaft, die

Zusammenlegung in Gruppen von fünfzehn durchsetzen wollen ebenso wie die Beendigung der gezielten Desinformation seitens der Regierung, die regelmäßig falsche Nachrichten und Kommuniqués über gewalttätige Aktionen verbreitete, zudem fordern sie die Bildung einer internationalen Untersuchungskommission zum Tod von Holger Meins, Siegfried Hausner und Ulrike Meinhof. Dieser von fünfunddreißig Gefangenen initiierte Streik breitet sich rasch aus; man zählt bald um die hundert Hungerstreikenden. Draußen gedenkt die Guerilla keineswegs, untätig zu bleiben, denn natürlich wurde jede Welle von der Polizei festgenommener militanter Mitglieder durch eine neue ersetzt, die Taten sprechen ließ – seit 1972 hatte es unter anderem den Überfall auf die Botschaft der BRD in Stockholm durch das Kommando Holger Meins gegeben, mit der Forderung nach der Freilassung von sechsundzwanzig in deutschen Gefängnissen inhaftierten RAF-Mitgliedern und dem Ergebnis zweier toter Geiseln, zweier toter Geiselnehmer plus der ungewollten Explosion von fünfzehn Kilo TNT, die das Gebäude verwüstete, ein Fiasko und ein Wendepunkt: Verkündung der tödlichen Unnachgiebigkeit des Staates auf der einen Seite, radikaler Wechsel in der Wahl der Angriffsziele auf der anderen Seite. Am 7. April wird der Generalbundesanwalt der BRD, Siegfried Buback, siebenundfünfzig Jahre alt, in seinem Auto in Karlsruhe von zwei Männern auf einem Motorrad ermordet, mit ihm sein Chauffeur und ein Leibwächter, in einem Kommuniqué, in dem Buback direkt für die Hinrichtungen an Holger Meins, Siegfried Hausner und Ulrike Meinhof verantwortlich gemacht wird, bekannte sich das Kommando Ulrike Meinhof umgehend zu der Tat und erklärte, es wolle damit verhindern, dass die Bundesanwaltschaft den vierten Hungerstreik als Vorwand benutze, nun Baader, Ensslin und Raspe zu ermorden. Was, wie wir wissen, sechs Monate später geschah. Am 17. besetzen Angehörige der Gefangenen die Frankfurter Peterskirche und treten als Akt der Solidaritätsbekundung ihrerseits in einen Hungerstreik, am 28. verlangen Amnesty International und eine Gruppierung aus achtzig Geistlichen und zweihundertfünfundvierzig Rechtsanwälten von der Regierung die Aufgabe ihrer harten Linie und die Zusammenlegung der Häftlinge – wie bereits am 30. der in ganz Europa zu vernehmende Demonstrationslärm bezeugt. Doch am 3. und 5. Mai verhaftet die Polizei vier neue, vermeintlich in Bubacks Ermordung verwickelte Aktivisten, was sich nur für einen von ihnen bestätigen wird, geht zudem weiter gegen die Anwälte vor, bis sie in einer Art lächerlicher, ja absurder Zuspitzung zwei von ihnen, unter dem Vorwand, sie hätten ihre Mandanten nicht davon abgehalten, in den Hungerstreik zu treten, wegen Mordversuchs anklagt. Das muss man sich mal vorstellen. Ich erinnere mich noch ganz genau an die Ankunft von Klaus Croissant, dem Anwalt und Testamentsvollstrecker Ulrike Meinhofs, am 11. Juli desselben Jahres in Frankreich, an seine Verhaftung am 30. September durch die französische Polizei, die ihn am 17. November bereitwillig den deutschen Behörden auslieferte – eine effiziente Zusammenarbeit, die sich schon mehr als dreißig Jahre zuvor bewährt hatte –, an die Turbulenzen und Demonstrationen, bei denen nicht einer der »Kasperl« unserer schwankenden Autonomiebewegung sich je entzog, und an die Äußerungen von Deleuze und Guattari, in denen sie ihrer Beunruhigung Ausdruck verliehen, »dass sich ganz Europa dieser Art von Staatskontrolle unterwirft, wie sie Deutschland einfordert«. Am 30. Juli ist die Reihe an Jürgen Ponto, Chef der Deutschen Bank, einer der wichtigsten Männer des deutschen Wirtschaftslebens, nebenbei Berater des südafrikanischen Apartheidregimes, etliche Kugeln in den Körper gejagt zu bekommen (in Wirklichkeit ein missglückter, überstürzt endender Entführungsversuch), die ihn direkt von seiner Küche aus ins Jenseits beförderten: Er selbst hatte das Kommando aus drei Mitgliedern der Rote Armee Fraktion arglos in sein Haus gebeten, weil es von Susanne Albrecht, der Tochter eines seiner engsten Freunde, angeführt wurde. Man kann nie misstrauisch genug sein. Der Nachfolger Bubacks, ein gewisser Rebmann, verschärft die Haftbedingungen abermals, und am 25. August zielt die Rote Armee Fraktion mit einem Raketenwerfer auf seine Büroräume, doch die Operation missglückt, was die Organisation, indem sie in ihrem Kommuniqué von einer Warnung spricht, zu verschleiern sucht: »... sollten Andreas, Gudrun und Jan getötet werden, werden die Apologeten der harten Haltung spüren, dass das, was sie in ihren Arsenalen haben, nicht nur ihnen nützt, dass wir viele sind und dass wir genügend Liebe, also Hass und Phantasie, haben, um unsere und ihre Waffen gegen sie einzusetzen, so dass ihr Schmerz unserem entsprechen wird.« Der Ton war hoch, und die, die ihn anschlugen, spürten, wie die Schlinge sich mehr und mehr zusammenzog. Was bedeutet, dass alle damit rechneten und man also längst einkalkuliert hatte, dass in Ländern im Frieden Häftlinge eines Rechtsstaates, wie Hunde, direkt in ihren Käfigen sterben. Doch der Ball ist noch nicht zu Ende, und aus heutiger Sicht fällt es schwer zu glauben, dass so viele Kontratänze in solch kurzer Zeit aufeinanderfolgen konnten. Am 5. September kidnappt das Kommando Siegfried Hausner Hanns Martin Schleyer, den Boss der westdeutschen Bosse, Vorstandsmitglied bei Daimler-Benz und wahrlich kein Unschuldsengel, hatte er doch eine schöne Karriere bei der SS hingelegt, in die er schon 1933 eingetreten war, um dann vor und während des Kriegs wichtige Posten im NS-Studentenbund einzunehmen und sich ab 1943 um die »Arisierung« der tschechischen Wirtschaft zu kümmern, eine beispielhafte Laufbahn, die drei Jahre Internierung kaum beflecken können, denn von 1949 an findet man ihn im Außenhandelsbüro bei der Industrie- und Handelskammer Baden-Baden wieder, kurzum, ein perfektes Beispiel dafür, wie der westdeutsche Waschkessel mit freundlicher Unterstützung der vier Besatzungsmächte schmutzige Nazis in saubere Geschäftsmänner weißwäscht. Dieses Mal gelingt die Entführung, allerdings bleiben sein Chauffeur und drei Polizeibeamte auf der Strecke. Die Forderung ist einfach: Freilassung von elf Gefangenen, darunter Baader, Ensslin und Raspe, und deren sichere Überführung in ein Land ihrer Wahl mit gleichzeitiger Verpflichtung, nicht in die BRD zurückzukehren und die bewaffneten Aktionen einzustellen. Auf der Gegenseite führt Helmut Schmidt das Kommando, er sagt nein zu allem und verhängt eine Art »Super-Ausnahmezustand«, gesteuert von einem Krisenstab, der jeglichen demokratischen Prozess wie Parlament und ähnlichen Quatsch umgeht und alle Gefangenen wieder unter strengste Isolation stellt, das heißt ohne Möglichkeit zu anstaltsinternen noch *a fortiori* zu externen Kontakten. Am 9. stellt das Kommando ein erstes Ultimatum, und in aller Stille entfaltet sich unter Führung von Hans-Jürgen Wischnewski, als Staatsminister im Bundeskanzleramt an schwierige Sondermissionen gewöhnt, ein politisches Verhandlungsspiel um ein Aufnahmeland, an dessen Ernsthaftigkeit natürlich alle Zweifel erlaubt sind. Man gewinnt Zeit, das Ultimatum wird verlängert, in der Zwischenzeit kümmert man sich: Am 22. verhaftet man Knut Folkerts, verfehlt indes knapp Brigitte Mohnhaupt, am 30. locht man einen Anwalt der Verteidigung ein, Arndt Müller, dem man die gleiche Isolations-Diät verordnet wie den RAF-Gefangenen, die er tags zuvor noch verteidigte, die Zeit verstreicht, am 7. Oktober erhalten die Zeitungen Nachricht von Schleyer – der ungeduldig wird, zweiunddreißig Tage sind doch ein bisschen viel –, ein Foto und einen die Unentschlossenheit der Verantwortlichen anklagenden Brief, bei all der Mühe, die diese sich geben, das kann einem die Lust verderben. In den Köpfen und Körpern hat die Spannung natürlich ihren Höhepunkt erreicht, in manchen Körpern mehr als in anderen, denn man kann sich vorstellen, dass die Not, sich in einer Isolationszelle oder in den Händen zum Äußersten entschlossener Gegner zu befinden, nicht die gleichen Reaktionen auslöst wie der Stress, den man in einem bequemen Büro, von einem Ratgeberstab umgeben, empfindet. In Paris war diese Spannung zu spüren, auch wenn sie durch die Entfernung, die Sprache, die Vermittlungswege unendlich gefiltert ankam, aber sie war da, sie hallte in uns wider, die wir aufmerksam für alles waren, was sich auf der anderen Rheinseite abspielte, darüber sogar Italien vergaßen (doch das war nur aufgeschoben). Wir hatten gegen die Auslieferung Croissants demonstriert, eine Erleichterung der Haftbedingungen der westdeutschen politischen Gefangenen gefordert, die Crème de la Crème hatte sich zusammengetan, Deleuze und Guattari, Sartre und Foucault, alles vergeblich natürlich, man wusste nur zu gut, dass Worte, Gesuche und Verhandlungen ziemlich sinnlos waren, wie gesagt, das machte uns krank. Daraufhin werden am 13. Oktober alle Einsätze verdoppelt: Ein Kommando der Volksfront zur Befreiung Palästinas, PFLP, leitet die Lufthansa-Maschine, die planmäßig von Palma de Mallorca nach Frankfurt am Main fliegen soll, mit fünfundachtzig Passagieren und fünf Besatzungsmitgliedern an Bord, nach Zypern um und fordert, in enger Verbindung mit dem Kommando Siegfried Hausner, das Schleyer festhält, bei einer Zwischenlandung zum Treibstoffauftanken in Rom die Freilassung von elf RAF-Häftlingen und zwei in der Türkei festgehaltenen Palästinensern. Sagen wir es ganz klar, die Verbindung Rote Armee Fraktion – Palästinenser hatte 72 in München ziemlich viele Spuren beseitigt, und ziemlich viele Freundschaften, diesmal wird es nicht anders sein, man befindet sich im Trichter, es riecht schon nach Tod für alle, es wird ganz schnell gehen: vorher noch eine kleine touristische Rundreise in der Art »der Nahe Osten in drei Tagen«, mit Zwischenstopps zum Auftanken, nach

Rom und Larnaka, auf Zypern, am 13. Bahrain, am 14. Dubai, dann Aden am 17., schließlich Mogadischu, eine echt heiße Kartoffel, alle Flughäfen in der Region versuchen die Landung des Flugzeugs zu verhindern, Pilot und Kopilot landen und starten, so gut es geht, zwischen auf dem Flugfeld abgestellten Lastwagen oder auf sandigen Streifen am Rande asphaltierter Rollfelder, und während der ganzen Zeit dreht sich der Walzer von Ultimaten-Verlängerungen und wiederholten Zusicherungen weiter, und heimlich schickt die deutsche Regierung Wischnewski und die GSG-9 vor Ort, eine Antiterroreinheit in der Art unserer GIGN, vier Jahre zuvor nach dem Fiasko der Olympischen Spiele von München gegründet. Am 17. um 4 Uhr morgens wird der Körper des Piloten Jürgen Schumann, siebenunddreißig Jahre, erschossen, auf die Rollbahn geworfen wie ein Hund, das ist die letzte Gerade, der Trichter wird enger, seine Wände sind rutschiger als je zuvor, der Wirbelsturm hebt an, um 8.30 Uhr verlangen die Deutschen die totale Informationssperre, es wird also hinter verschlossenen Türen passieren, und um 11 Uhr stürmen sechzig Männer der GSG-9 die Maschine, töten drei Mitglieder des Kommandos, verletzen das vierte, befreien die Geiseln, die Münchner Beleidigung ist gerächt, Happy End, das man am nächsten Tag, dem 18. Oktober, um 7 Uhr morgens verkündet, eine Nachricht, der eine Stunde später die Bekanntgabe der »Suizide« von Baader und Ensslin und der »Suizidversuche« von Raspe und Irmgard Möller folgt, welche die einzige Überlebende bleiben wird, dann schließlich am 19. verkündet das Kommando Siegfried Hausner, »Hanns Martin Schleyers klägliche und korrupte Existenz beendet« zu haben, dessen Leiche im Kofferraum eines in Mülhausen, in der Rue Charles-Péguy geparkten Audi 100 abgelegt wird, ein Audi, das hat immerhin mehr Stil als ein R4.

III

Am Horizont der Welt, der Tod 1978

Wir haben den Kopf wieder erhoben, dieses Mal haben wir verstanden, dass der Horizont der Welt der Tod war. Es war höchste Zeit. Aber die Ironie der Geschichte ist quälend, hat sie doch das Beste von dem, was Europa ins Wanken brachte, ins Unrecht und in den Abgrund gestürzt, nämlich die Versuche, aus einer doppelten Todesfalle herauszukommen, der Falle des Kriegs, die sich im August 14 auftat, und der des Friedens, die im Mai 1945 über unseren Knochen zuschlug. Der seitdem eingeschlagene Weg mündet in einer Landschaft zynischer Trostlosigkeit, kultivierter Ohnmacht und kleinlicher Kalkulationen, die ich keine Lust habe zu durchschreiten. *Io sono una forza del passato*, etwas von dem, was mich weiterhin ausmacht, muss noch eine ganze Weile an der Seite von Martin und von Massimo geblieben sein, an der Seite dessen, was nach 78 in dieser tiefen Verwerfung verschwand.

Was haben wir getan, welchen Weg sind wir gegangen, an welchem bestimmten Ort hat sich alles verengt, wann haben wir uns für die kleine Biegung entschieden, die uns zwar am Leben ließ, aber als eine Art Buchhalter der Toten, derer, die wir hätten verschulden können, und derer, die wir hätten sein können?

Ich kam im April 1978 in Rom an, mit Antoine, aber ohne Martin (ich weiß heute nicht mehr warum), vor allem ohne Antonio, denn es wäre über meine Kräfte gegangen, seine von Verlangen aufgeladene Gegenwart zu spüren, ohne jede Aussicht, sie auszuleben – denn was immer man auch sagen oder tun mag, was man von diesen zerbrechlichen Angeboten nicht gleich annimmt, bietet sich einem kein zweites Mal ... Massimo kam wie gerufen, als ob er extra für mich an diesem Tag am Bahnhof Roma Termini aufgetaucht wäre, das bleibt eine der schönsten Abkürzungen, die ich je genommen habe. Direkt nach unserer Ankunft ging Antoine die Freunde anrufen, bei denen wir wohnen sollten, und ich verschwand in den Toiletten, weil die Bahnhofstoiletten überall auf der Welt immer ein Versprechen in sich tragen, das sie zwar nicht immer halten, aber wer nicht wagt, der nicht gewinnt, und da war Massimo, sofortiger Kick und eine bis ins Extrem gesteigerte Lust, umso schmerzlicher, als sie stumm bewältigt werden musste, doch konnte ich sie an der extremen Anspannung seiner Beine, der von der Anstrengung, aus sich selbst herauszutreten, zusammengezogenen Stirn ablesen, Treffen wir uns morgen auf dem Campo dei Fiori, vor der Statue Giordano Brunos, dann gehen wir irgendwo hin, wo du schreien kannst. Ich eilte zurück zu Antoine in die laute Bahnhofshalle, Ihr Schwulen denkt wirklich an nichts anderes als ans Ficken, Falschrum Kamerad, ihr seid es, die ihr nicht genug daran denkt.

Ich war nicht wirklich als Tourist gekommen, der nur drei Jahre zurückliegende Italientrip mit meinen Eltern schien mir schon Jahrhunderte her zu sein, obwohl ich es seit dem in dieser Hinsicht prägenden Polenerlebnis gewohnt war, mit der Geschichte zu reisen. Das Forum, die Caracalla-Thermen, tonnenweise Malerei und der Petersdom, ich habe keinen Blick darauf geworfen. Antoine war damit beschäftigt, Kontakte zur italienischen Autonomiebewegung herzustellen, denn er hoffte, in diesem wimmelnden Sammelbecken genügend Daseinsgründe schöpfen zu können, um weniger verzweifelt nach Frankreich zurückzukehren – doch es war ein Reinfall, und sein Abdriften zeigt, wie Martin und er im Grunde geduldig, langsam, kalt von ihren eigenen Eltern hingerichtet worden sind. Durch sie kam ich hautnah mit einer Wahrheit in Berührung: der Ermordung der Söhne durch ihre Väter, ein unausweichlicher Welthorizont. Ich traf mich ab und zu mit ihm, aber meine meiste Zeit, meine meiste Kraft erforderte Massimo; durch seine Schilderungen des Jahres 77 und durch die Schockstarre, in die er zunehmend verfiel, je klarer sich der Ausgang der Entführung Moros abzeichnete, habe ich mehr erkannt und verstanden als in all den Jahren danach, mir wurde bewusst, dass alles verloren war, auch wenn ich die Richtung, in die es gehen würde, noch nicht kannte. Antoine habe ich erst bei Martins Beerdigung elf Jahre später wiedergesehen, das einzige Mitglied der

Familie, das den Weg auf sich genommen hatte. Als Martin zwei Jahre zuvor 1987 zum ersten Mal ins Krankenhaus musste, hatte ich, dumm wie ich war, die Initiative ergriffen und seine Familie benachrichtigt – manchmal hat man solche Anwandlungen – und dabei ihre Mutter, in Säuernis und Bitterkeit verdorrt, mir antworten hören, Unsere Söhne sind für uns schon seit langem gestorben. Fickt euch doch selber! Antoine war nicht genauso tot wie Martin, aber es fehlte nicht viel. Als er so abgekämpft, ausgelaugt, so zerbrechlich vor mir stand, sagte ich mir, dass wir Schwulen vielleicht immer nur ans Ficken dachten, wie er mir seinerzeit in Rom leicht spöttisch entgegengehalten hatte, dass aber die plötzliche Notwendigkeit zu handeln und uns nicht wieder stillschweigend erdrücken zu lassen, dieses Mal von einer Krankheit und nicht von Institutionen, uns möglicherweise vor anderen, noch niederdrückenderen Irrtümern bewahrt hatte. Antoine hatte den Übergang in die achtziger Jahre nur schwer verkraftet, was sich in wiederholtem Abdriften, mannigfaltigen Süchten und in der Unfähigkeit ausdrückte, in sich selbst oder in seinem Umfeld noch irgendetwas zu finden, um Bindungen zu knüpfen und wieder auf die Beine zu kommen. Er war bei weitem nicht der Einzige, dem es so ging. 1979, dem Jahr nach unserer Rückkehr aus Italien, hatte er sich im Januar bei den Verwüstungen im Quartier Saint-Lazare und auch bei den Aufständen vom 23. März ziemlich hervorgetan, wo er, glaube ich, am Rande des Marsches der lothringischen Stahlarbeiter auf Paris an Plünderungen von über hundert Geschäften beteiligt war, zu denen sich die Autonomen Brigaden, um die es still geworden war, bekannten. Wir trafen ihn im Mai 1980, drei Wochen nach Sartres Begräbnis, auf dem Campus von Jussieu wieder, wo Martin und ich uns, wie in einer Art letztem Gefecht, der autonomen Welle angeschlossen hatten, die, im Kampf gegen den die Einschreibungen ausländischer Studenten an französischen Universitäten begrenzenden Imbert-Erlass, noch einmal von sich reden machte. Aber wie man so sagt, das Herz war nicht mehr dabei, nur noch unsere Körper. Antonio war inzwischen von der Bildfläche verschwunden, zum Glück für mich und mein Verlangen nach Unberührbaren. Und Martins Beerdigung, wie überschäumend sie durch die kämpferische Wut einer Handvoll Freunde, die sich ganz frisch in das Abenteuer von Act Up-Paris gestürzt hatten, auch gewesen sein mochte, besiegelte für mich definitiv symbolisch den Sieg der Kriegskinder über die Kinder der Nachkriegszeit. Aber ich greife vor.

Der lange schwarze Mantel und die Kapuze, die Giordano Brunos Kopf bedeckt, schweben über dem Campo dei Fiori, auf dem er im Jahr 1600 hingerichtet worden war, und der ihm anhaftende Verdacht der Homosexualität macht ihn für uns, die wir keine Scheiterhaufen, kein Reading, kein Ostia mehr wollen, zu einem Orientierungspunkt in der Geschichte, die wir beginnen zu erhellen, indem wir sie aus dem Schatten holen. Ich weiß so gut wie nichts über Giordano Bruno, Massimo ziemlich viel, aber er ist auch zehn Jahre älter als ich, zehn Jahre mehr an gedanklicher Auseinandersetzung, an Kämpfen und praktischer Erfahrung. Und es ist nur ein Schlagschatten, wir werden schnell versuchen, die Sonne zu erreichen, die Welt hat in dreihundertsiebenundsiebzig Jahren ihre Achse tausendmal neu ausgerichtet und Bruno es mit dem Leben bezahlt, schwarz auf weiß niedergeschrieben zu haben, dass Erden wie Sonnen unzählig, unendlich, eine vielschichtige Realität waren, für die wir, so wie die Dinge stehen, sehr wohl die Rechnung bezahlen müssen. Massimo ist kein gebürtiger Römer, sondern aus Parma und erst vor wenigen Monaten hierhergekommen, nachdem er das letzte Jahr hauptsächlich in Bologna verbracht hatte, gepackt und ausgewrungen von dieser Bewegung, die ihn weit über sich selbst hinaus schleuderte und in die Lage versetzte, sich nicht nur auf der Höhe dessen zu bewegen, was mit ihnen allen geschah, sondern noch darüber hinauszugehen. Was sich mir von seinen fieberhaften Schilderungen, die ich hier wiedergebe, als Wichtigstes eingeprägt hat und was keine Bilanz, keine Wechselfälle der Geschichte ihnen allen jemals wieder nehmen wird:

die Erfahrung, sich selbst getragen zu haben, weil sie zusammen waren, auf dem Höhepunkt ihres Begehrens politischer, persönlicher, poetischer, sexueller, sozialer, philosophischer Natur, den keiner von ihnen je erreicht hätte, wäre er allein geblieben. Wir in Paris waren so hoffnungslos allein, weil wir ein klein bisschen zu spät an den Punkt gelangten, wo sich alles zusammenfügt, und ich kam exakt in dem Augenblick in Rom an, als der durch Moros Entführung erzeugte Sog diejenigen in bangem Warten und schnell in lähmender Angst bannte, die noch nicht wieder von diesen unvorstellbaren Höhen heruntergekommen waren, die sie gemeinsam erstürmt hatten.

Massimo wohnte also bei verschiedenen Freunden, denn er hatte sich noch nicht entschieden, ob er dauerhaft in Rom bleiben, nach Bologna zurückkehren oder aber nach Paris gehen wollte, eine Option, für die sich zahlreiche in den Folgejahren konsequent verfolgte militante Aktivisten entscheiden würden, um dem wahnsinnigen Korpus von Notstandsgesetzen und perversen Rechtsstellungen zu entkommen, die der Staat sukzessive etablierte und die er, verstrickt in eine unbegreifliche Amnestieverweigerung, noch immer nicht abgeschafft hat, aber das ist eine andere Geschichte. (Tatsächlich ist es aber doch dieselbe Geschichte, ein letztes Nachspiel inmitten eines anderen Zeitalters, eine verrückte Zuckung, die nicht mehr in das

Ressort Politik, sondern in das der Psychiatrie fällt. Es gäbe einiges zu sagen – das wäre ein anderes Buch – über diese krankhafte Verweigerung, Zeichen der tödlichen Angst, die den Staat in seinem Innersten erschütterte, über seine unumstößliche Unfähigkeit, dem Gegner, und sei es über eine Amnestie, vierzig Jahre nach dem Geschehen eine wie auch immer geartete Legitimität zuzugestehen. Und wenn ich Staat sage, so meine ich den gesamten sozialen Körper, denn jenen italienischen Staat, der diese Gesetze einst verkündete und verurteilte, was das Zeug hielt, gibt es ja gar nicht mehr, er ist juristisch gesehen infolge der Operation *Mani pulite* Anfang der neunziger Jahre gestorben, doch seine Gegner sind bis heute nicht amnestiert. Angst ist nicht nur ein schlechter Ratgeber, sie frisst die Seele auf, wie ein arabisches Sprichwort sagt. Ein anderer Faden aus diesem Knäuel kam vor nicht allzu langer Zeit hier in Frankreich zum Vorschein, ich schweife scheinbar ab, aber ich kenne die Wolle und erkenne die Maschen des Gestricks, selbst wenn es bei uns feiner ist und weniger kostet: Der hysterische Anfall, es gibt kein anderes Wort dafür, der Ende 2008 das gesamte Innenministerium nebst der Frau an seiner Spitze anlässlich der Affäre um angeblich geplante Terroranschläge einer kleinen Gruppe in Tarnac, auf dem Plateau von Millevaches, angesiedelter »Ultralinker« erschütterte, war nichts weiter als eine Luftblase, eine Ablenkung, ein Schüttelkrampf, vor allem aber ein Symptom der Tatsache, dass die überdimensionale, von der revolutionären Linken in den sechziger Jahren ausgelöste Angst inzwischen in das genetische Erbe des Staates eingeschrieben ist, wer auch immer seine Vertreter sein mögen, und von einer Generation von Ministern an die nächste weitergegeben wird.) Wir mussten also unsere Liebe, vielmehr, um ehrlich zu sein, unsere rasenden, leidenschaftlichen, endlosen Nahkämpfe, was bedeutet unsere Liebe, das schließlich doch treffende Wort, mal hier, mal da einquartieren und sie somit hautnah mit den brennenden, aus der uns einkreisenden Verwirrung geborenen Überlegungen vermischen.

Ich bin Mitte April in Rom angekommen, Moro war am 16. März entführt worden, der Staat schien gleichzeitig vollkommen desorganisiert und unnachgiebig, was im Grunde kein Widerspruch ist, ja vielleicht sogar zusammenhängt. Gemäß der seit dem 12. Dezember 1969 mit ungebremstem Erfolg angewandten Strategie bestand eine der Hauptbeschäftigungen von Regierung, Presse, Polizei, Justiz darin, die bestehende Verwirrung immer weiter zu vergrößern, ja immer noch mehr Verwirrung zu stiften. Massimo entschlüsselte einen Teil dieses Spiels für mich, der ich davon natürlich nichts begriff, zumindest den Teil, den er selbst in der Lage war zu erfassen, denn ganz gewiss kann keiner, der im eigenen Land in einen derartigen Mahlstrom hineingerissen wird und der weiß, dass sich gerade ein wesentlicher Teil der eigenen Zukunft, des politischen wie emotionalen Lebenswegs abspielt, allen Faktoren Rechnung tragen. Aber vom Ball der Scheinheiligen an der Spitze des Staates vermochte er mir quasi live alle Seitenschritte, die Entrechats, die Spitzentänze und die Katzbuckeleien einzeln darzulegen, denn für alle war es mehr als offensichtlich, dass nicht einer von diesen Kerlen Moro wieder aus seinem Gefängnis freikommen sehen wollte. Man kann sogar sagen, sie haben sich mächtig ins Zeug gelegt, um ihr Ziel zu erreichen, und heute weiß man, dass selbst die Roten Brigaden fassungslos darüber waren – aber hier trafen zwei unvereinbare Welten aufeinander, zwei unvereinbare Sprachen und dazwischen nichts, und Moro war wahrscheinlich einer der Ersten, der die unverrückbaren Grenzen seines eigenen Horizonts erkannte. Massimo und seine Freunde verabscheuten die Bagage der Democrazia Christiana, die das Steuer in der Hand hielt, ebenso wie sie die Lakaien des Partito Comunista verabscheuten, die ihr die Suppe servierten und noch beflissener als ihre Herren auf eine Position der Unnachgiebigkeit und die strikte Einhaltung unantastbarer Prinzipien pochten, die sie selbst doch zu allen Zeiten, an allen Orten, unter allen Umständen mit einer Beharrlichkeit mit Füßen getreten hatten, für die sie belohnt werden wollten, das klassische Schema alles in allem. Man darf nicht vergessen, was für einen tödlichen Hass Berlinguer, Lama und Konsorten gegen diese riesige, von auswärts kommende linke Welle hegten, die das Land seit einigen Jahren aufrührte und deren unterschiedliche Strömungen sie ungeniert alle in einen Topf warfen, um sie zu einer einzigen zusammenzuschmelzen, terroristisch, auf diese Weise die Kränkung rächend, die sie abbekommen hatten – ich erinnere an das berühmte »Wir werden dem tibetanischen Lama mit den Waffen der Ironie entgegentreten« von genau einem Jahr zuvor, als man den Generalsekretär der CGIL aus der Universität gejagt hatte. Diese Kerle waren korrupt bis in die Knochen, bereit zu den schlimmsten Manipulationen, bereit, die schlimmsten Risiken einzugehen, um an der Macht zu bleiben, wie es Pasolini in seinen Artikeln klar zum Ausdruck brachte, Pasolini, schwul wie Massimo und einige seiner Kameraden, die diese Artikel regelrecht verschlangen, in denen er sich, einige Wochen ehe er auf einem nächtlichen Strand wie ein Hund abgeschlachtet wurde, als klarsichtig, wütend und mutig erwies, *Io so*, schrieb er, *Noi sappiamo* wiederholten sie, und mit ihnen die Hälfte des Landes. *E allora, che facciamo*, wenn alle Bescheid wissen und niemand das berücksichtigt?

Schau, sagte Massimo einmal, während wir uns schweißgebadet auf den Laken zusammenrollten, um die herbe konzentrierte Lust, die wir gerade einer aus dem anderen geschöpft hatten, noch ein bisschen in uns zu behalten, schau mal, was für eine Niederträchtigkeit diese Käseblätter da verbreiten, und mit zittriger Hand seine Zigaretten suchend, griff er mit der anderen die aktuelle Ausgabe von *La Repubblica*, schau, da steht, die Democrazia Christiana erklärt, Aldo Moros Briefe seien »im Grunde nicht authentisch«. *Cazzo.* Moro schrieb aus dem sogenannten »Volksgefängnis«, in dem die Roten Brigaden ihn festhielten, zahlreiche Briefe, von denen manche nicht in Umlauf gebracht, ja noch nicht einmal von den Entführern an die Adressaten abgeschickt, wiederum andere aber von den Zeitungen veröffentlicht wurden. Zwei Wochen zuvor hatte ich noch nicht einmal von der Existenz eines Aldo Moro gewusst, Massimo gab mir etwas Nachhilfeunterricht, nicht dass er oder seine Freunde sich je ernsthaft für das politische Personal interessiert hätten oder für die Pokerpartien, die in den Kulissen der Institutionen gespielt wurden, aber der von den Brigate Rosse dekretierte »Angriff auf das Herz des Staates« und die mit dieser Entführung vollzogene Grenzüberschreitung zwangen sie, sich mit Einzelheiten auseinanderzusetzen, die bis zu diesem Zeitpunkt von der gesamten Bewegung als nicht relevant angesehen worden waren. Erste Überraschung, die Wahl des Ziels: Unter all den Schurken, die sich da oben herumtrieben, im Quirinal, im Palazzo Chigi, im

Palazzo del Viminale, an der Piazza del Gesù, war Moro gewiss kein Unschuldslamm, aber er galt als ein gemäßigter, sogar als ein anständiger Mann, er war ein Schachspieler, er pokerte nicht. Der »Historische Kompromiss«, den die Christdemokraten und die Kommunisten eben genau am Tag seiner Entführung besiegeln sollten, war sein Werk, monatelanges Hin und Her, byzantinische Berechnungen, ausgeklügelte Hypothesen, geschickt abgestimmte Dosierungen, eine echte Präzisionsarbeit. Präzisionsarbeit, die er fortführte, um seine eigene Freilassung zu erreichen, daran besteht seit der Veröffentlichung aller seiner wiederaufgetauchten, während der fünfundfünfzigtägigen Gefangenschaft verfassten Briefe kein Zweifel mehr, das war nach Massimos Auffassung aber auch schon in den seinerzeit publizierten Auszügen zu erkennen, man musste blind sein, um es nicht zu sehen. Nun, blind, all die, die in der Lage gewesen wären, auf dem Schachbrett Figuren zu verschieben, waren es – komplette Schwachköpfe, Träger mehr oder minder wichtiger Verantwortlichkeiten, von denen man sich fragt, wie man ihnen diese überhaupt übertragen konnte –, oder sie stellten sich zumindest blind, die Schurken. Denn, um von vorn herein alles, was Moro sagen könnte, in Misskredit zu bringen – und Gott weiß, wie viel er zu erzählen hätte –, wird man erklären, er sei unter Drogen gesetzt, vom Stockholmsyndrom befallen, seine Handschrift gefälscht worden oder was weiß ich sonst noch alles, bis hin zu dieser Perle, die an jenem Tag Massimo so aufregte, seine Briefe seien »im Grunde nicht authentisch«. Zugegeben ein wahres Meisterwerk, die reine Niedertracht. Sein Urheber, so weiß man heute, hat er es doch selbst anlässlich eines achtundzwanzig Jahre später gedrehten Dokumentarfilms seelenruhig in die Kamera gesagt, war kein Geringerer als der damalige Innenminister, dessen Karriere vom Amt des Staatspräsidenten der Republik Italien gekrönt wurde und der sein Leben im Bett umgeben von der Fürsorge seiner Lieben aushauchte und nicht endete wie ein Hund von Kugeln durchsiebt im Kofferraum eines R4, Francesco Cossiga, dessen Name damals in den linken Publikationen häufig mit einem Anfangs-K und zwei die Abkürzung der SS symbolisierenden s geschrieben wurde. *Uomini e no.*

Von der Spannung, die die Geschichte in diesen Krisenmomenten in unsere Körper einschreibt, wenn du da, wo du bist, plötzlich hundertprozentig fühlst, wie du auf einer Achse mit der Welt liegst, hatten sich mir auf der Brücke von Billancourt schon flüchtige Eindrücke aufgedrängt, ohne dass ich sie jedoch hätte entziffern können, deutlicher spürbar dann mit Martin nachts auf den Baustellen oder bei unserem kurzen Abstecher nach Stuttgart, wo wir zwar mit steinharten Muskeln, aber felsenfest überzeugt, dabei sein zu müssen, voranschritten, doch wahrscheinlich nie so stark wie während jener Tage, in denen Massimo und ich nicht mehr richtig zwischen dem unterscheiden konnten, was von der Realität auf unsere Haut abfärbte, und dem, was von unserer Haut auf die Welt austrat. Ich habe nie erfahren, was er eigentlich machte, sein Zeitplan war flexibel und deutlich unorthodox, Lagerarbeiten vielleicht oder Hausmeistertätigkeiten, kurzum Brotjobs, um leben zu können und genügend Zeit für das Übrige zu haben, für das, was ihm wichtig war, politisch Kämpfen, Überzeugen, Diskutieren, Streiten, Demonstrieren, Nachdenken, Schreiben und Zeichnen, wobei die beiden letzten Tätigkeiten in einer Art ganz eigener, innovativer, zügelloser Druckgraphik miteinander verschmolzen, ein Genre, das übrigens seinen Teil dazu beitrug, den autonomen Gruppen in Mailand und Bologna im Umfeld so bissiger Zeitschriften wie *Altraverso, Rosso, Senza Tregua* oder *Fuori!* Auftrieb zu geben. Und seit er mich auf dem Roma Termini aufgelesen hatte, musste er auch noch zusätzlich Zeit zum Vögeln finden, ich hatte alle Zeit der Welt. Es dürfte klar geworden sein, dass es sich dabei weder für ihn noch für mich um eine nebensächliche Zeit handelte, die man auf die Schnelle vom restlichen Tag stibitzt, sondern um eine bedeutsame Zeit, denn wie Martin und ich und der kleine Kern autonomer Tunten, von denen ich schon sprach, war auch er überzeugt, dass wir, die Homos – damals noch nicht *gays* –, darin einen wesentlichen Ausdruck unserer selbst zu finden hatten. Dies war übrigens der einzige Vorsprung, den wir Franzosen uns in Sachen Kämpfe und Umstürze zuschreiben konnten, und Massimo war total interessiert an den Fhar, den Gouines rouges und ihren Avataren, den Zeitschriften und Fanzines, dem MLF und den Aktionen der Frauen, ganz zu schweigen von unseren brillanten schwulen Intellektuellen Barthes und Foucault, um die die Welt uns beneidete, alles Dinge, die er in Italien viel schwieriger zu händeln fand, einem Land, das so tief in einem grundlegenden südländischen Machismo verankert war, noch dazu verstärkt durch einen exzessiven, der politischen Eingliederung des Vatikans in den italienischen Staat geschuldeten Katholizismus: Das Zweite Vatikanische Konzil war bloße Fassade, das wahre Gesicht ein Papst Paul VI., der sich schwankend im Gegenwind gegen Scheidung und Abtreibung stemmt, das waren Comunione e Liberazione und andere Stalinisten Gottes, das war das wahnwitzige Geflecht, mit dem kirchliche Netzwerke aller Art das ganze Land überzogen, die politische Übernahme des Mezzogiorno durch die Priester, die Pasolini unermüdlich anprangerte. Natürlich hatten wir in Frankreich Priesterstand mitsamt Königtum schon vor hundertneunundachtzig Jahren in der Versenkung verschwinden lassen, das kann man nicht vergleichen. Ich bin in jenem Frühling, während Massimo arbeitete, viel durch Rom gewandert, manchmal traf ich mich mit Antoine, die restliche Zeit hing ich mit Massimos Freunden herum, bei denen wir abwechselnd Unterschlupf fanden und mit denen er politisch aktiv war, wir warfen all unser Französisch, Italienisch und Englisch zusammen, um uns verständigen und verstehen zu können. Massimo hingegen sprach sehr gut Französisch, er spickte seine Sätze bei jeder Gelegenheit mit *Cazzo*, Schwanz, das italienische Pendant zu *Putain* oder *Fuck*, warum sich das versagen, sexuelle Ausdrücke sind ein wichtiger Teil der Alltagssprache, man achtet kaum darauf, dabei ist das nicht die unwichtigste ihrer Verbindungen mit der Welt.

Massimos Körper war wie ein Olivenbaum, von unten nach oben knorrig, matt, dunkel durch die dichte Körperbehaarung, klein, gewohnt, den Winden standzuhalten, ohne ihnen Widerstand entgegenzusetzen, eine sehr einfache, sehr sichere Kraft aus der Tiefe des Bodens, nicht ein Gramm Fett, etwas Dürres, Nervöses, Muskulöses, Geädertes, Konturen, die Hände voll zu beschäftigen, wie gesagt hat sich der Abdruck seines Schwanzes in meinem Handinnern bewahrt, das feine Netz der Adern, die ihn an der Oberfläche mit Blut versorgten, alles, alles von ihm hat sich in meinen Körper eingeprägt, ich habe es so geliebt, mich ihm zu öffnen, seinen brutalen Stößen, dirigiert vom durch den Anblick meines Körpers angekurbelten Zufluss immer neuen Blutes, brutale und aufmerksame Stöße, damit sie die Schwelle zur Gewalt nicht überschreiten, die in unseren Liebesakten immer verborgen lauert, vor allem in jenen Jahren, in denen wir jeden Tag, auf der Straße, in den Reden, den Handlungen, den Initiativen, den Kapitulationen, den Kalkulationen mit dieser bestimmten Frage konfrontiert waren, die für viele von uns weiterhin in der Schwebe blieb, und wahrscheinlich sogar für diejenigen, die glaubten, sie entschieden zu haben.

Wir wollten eigentlich eine Woche bis zehn Tage bleiben, ich habe dann fast einen ganzen Monat in Rom verbracht, Massimos Körper buchstäblich in meinen eingeschachtelt, wenn wir zusammen waren, und metaphorisch, wenn ich allein durch die Straßen lief, wobei ich darauf achtete, zumindest immer einen anhaltenden Geruch von ihm mit mir herumzutragen, den seines Schweißes, den seines Schwanzes. Ich weiß, es klingt abstoßend, vor allem in einer Zeit, in der wie besessen deodoriert und jedes Körperhaar wegrasiert wird, aber so war es. Antoine fuhr mit dem Auftrag zurück nach Paris, seinen Bruder und meine Eltern zu beruhigen, ihnen zu sagen, dass ich länger bliebe, aber alles in Ordnung sei, dass ich im Mai zurückkäme, kaum genügend Geld hätte, sie anzurufen, und leider nie genau sagen könne, wo ich erreichbar sei. Ich bin wie ein Verrückter in der Ewigen Stadt herumgelaufen, habe dabei aber nur die Gegenwart wahrgenommen: Die Ewigkeit war vollkommen abstrakt, sie ist es übrigens geblieben und die Vergangenheit vergangen. Die Achse der Welt im absoluten Einklang mit dem, was ich war, das war hier und jetzt: Das waren die dunklen Stunden, die Deutschland gerade im Tod hatten versinken lassen, dem Tod des Staates nur wenige Monate zuvor, das war die schleichende Erstarrung, von der die gesamte revolutionäre Bewegung Italiens vor meinen Augen befallen wurde, das war die totale Entmutigung Frankreichs, die uns den Blick nach Italien wenden ließ, und das war auch Massimo, die Heftigkeit unserer vereinten Jugend, der fragile, aber entschlossene Glaube an eine Möglichkeit, uns die Dinge zu eigen zu machen. Man läuft immer Gefahr, die Geschichte umzuschreiben, bekanntlich haben einige sich sogar darauf spezialisiert. Ich balanciere auf einem sehr dünnen Seil und kann diese Geschichten unmöglich niederschreiben, indem ich so tue, als wüsste ich nicht, was inzwischen aus uns geworden ist. Aber es ist natürlich der Spalt, der sich zwischen der Stunde des Handelns und der späteren, manchmal sehr viel späteren Stunde des Erzählens auftut, der die Übung nährt. Ich glaube, ich lüge nicht, oder aber ich lüge wahr, wenn ich sage, dass ich in diesen Tagen 1978, in Rom, in Italien, und in mir Massimo, zum ersten Mal das Auseinanderdriften der

Verwerfung spürte – und ich sage bewusst spürte, nicht analysierte, nicht reflektierte, mit dieser untrüglichen Intuition, die uns oft, und manches Mal mit Macht, überfällt und das unmittelbare Bevorstehen von Ereignissen ankündigt, für die man danach Jahre brauchen wird, um sie zu verstehen. Es war gelaufen, Moro war im Trichter, seine Entführer mit ihm, und wir alle dahinter – Staat, Polizei, Justiz, Establishment, bürgerliche Intellektuelle hatten nur noch den Deckel draufzulegen, und als Zugabe der päpstliche Segen.

Von mir aus sollen die Historiker, Soziologen, Politologen, Philosophen, die mehr oder weniger reuigen Akteure dieser Jahre die Bilanz ziehen, die ihnen notwendig, gerecht oder differenziert genug erscheint, um als solche zu gelten, wie beachtlich die Abweichungen auch sein mögen, die ihre Arbeiten aufweisen. Das ist nicht meine Aufgabe, ich habe weder zu urteilen noch zu entscheiden, auf diesen Seiten finden sich nur kleine Bruchstücke von Dingen, die sich ereigneten, und von Menschen, die daran beteiligt waren, wenn auch von weitem, wenn auch, ohne allzu sehr daran zu glauben, wenn auch zum falschen Zeitpunkt, und dazwischen nichts. Ich habe Massimo nie wiedergesehen, ohne dass wir dies beschlossen oder abgesprochen hätten, uns war beiden klar, dass meine Abreise aus Rom Mitte Mai, nur wenige Tage nach dem Epilog der Moro-Entführung, das Ende unserer sehr intensiven fleischlichen Geschichte besiegelte, für immer untrennbar mit der sehr intensiven politischen Geschichte verbunden, die sich vor unseren Augen abgespielt hatte, und dass ein Wiedersehen, beispielsweise kommenden Winter in Paris, keinen Sinn gehabt hätte, umso mehr investierten wir im Verlauf dieser letzten Tage wahnwitzige Kräfte in den Kampf unserer Körper, Kräfte, von denen wir nicht einmal geahnt hatten, dass wir sie besaßen, und die unsere Angst, Anspannung und die Sorge absorbierten, dieses Mal würde der Boden uns unter den Füßen wegbrechen.

Ich bin nicht sicher, ob ich über die nötigen Mittel verfüge, mit Worten auszudrücken, in welche Höhen amouröser Obszönität wir uns gemeinsam aufschwangen, und ich fürchte, Ihnen damit auf die Nerven zu fallen, denn der ewige Vorwurf der Feinde der Pornographie, besonders wenn sie ihre Aufgeschlossenheit herauskehren, lautet, sie sei mit ihrer permanenten Wiederholerei stinklangweilig. Sicher ist Ficken immer Ficken, aber wenn Pornographie wirklich so langweilig und monoton wäre, nähme sie nicht seit Urzeiten diesen Platz in unseren Künsten ein. Ganz sicher hatte ich seither nie mehr einen Mann auf diese Art und Weise im Blut, und sei es nur deshalb, weil das Auftauchen von Aids drei Jahre später unsere Liebespraktiken für immer veränderte: Man nimmt den anderen besser in sich auf, wenn man nicht sagen muss, Zieh dich zurück, spritze anderswo oder zieh ein Kondom über, sondern seinen Saft vorbehaltlos hinunterschlucken kann. Ich weiß, es ist abstoßend, aber ich will damit ausdrücken, dass der Todeshorizont, den die Welt uns bietet, sich innerhalb von drei Jahren von den Gewehrläufen, die unsere älteren Brüder tatsächlich ergriffen haben und die zu ergreifen wir einen Tag, eine Stunde oder auch nur eine Sekunde lang selbst geplant hatten, in eine Virusladung verwandelte, abgeschossen beim Orgasmus, einem dieser kurzen Augenblicke, in denen wir uns verkörpern, die Füße in der Realität, den Kopf in den Wolken. Und die den Waffen anhaftende phallische Metapher können wir getrost denen überlassen, die nie welche getragen haben, denn abgesehen von durchgeknallten Waffennarren wissen alle, dass sie eine Last aus kaltem, gefährlichem, hartem Metall sind, an deren Gegenwart man sich nie gewöhnt.

Wir haben auch viel gelacht, wie man es mitten in einer Tragödie immer tut, und wenn auch meine italienischen Freunde meinen, die italienische Politik wäre stets eine Komödie gewesen und bleibe es auch, so halte ich die Affäre Aldo Moro für eine Tragödie im antiken Sinne. Sie ist kein bürgerliches Trauerspiel, sondern eine unerbittliche Mechanik, die zwei Logiken einander gegenüberstellt, und dazwischen nichts, kein Ausweg möglich, eine von vornherein, bereits von den ersten, am 16. März in der Via Fani auf die Wagenkolonne Moros abgefeuerten Schüssen an, verlorene Partie, und zwar verloren für alle Beteiligten. Wir haben viel gelacht, vor allem, weil sexuelle Lust in solchen Dimensionen derart viele Endorphine freisetzt, dass man davon betrunken wird, euphorisiert, wie bekifft. Seinen Körper buchstäblich zerrissen zu spüren, ganz und gar zerlegt durch die Lust und dennoch ganz zu bleiben, funktionstüchtig, fähig, klare Gedanken zu fassen, das ist wie ein Sieg über den Horizont des Todes und lässt aus der Tiefe unserer heftigen Atemzüge ein erlöstes Luftschnappen, Lächeln, Lachen hervorbrechen. Wir haben auch deshalb so viel gelacht, weil Ironie von denen, die mit Worten, Tinte und Papier kämpften, als Lieblingswaffe eingesetzt wurde: Ironie in den Gesprächen, in deren Verlauf ich manchmal Mühe hatte, den versteckten doppelten Sinn zu erfassen, die Fallstricke der Sprache, die Massimo immer achtsam bedacht war, mir hinterher zu erklären, Ironie natürlich in den Schriften, die ich mühevoll versuchte zu entziffern, wenn ich alleine, faul und ohne Lust herumzulaufen, die in den Wohnungen der Freunde verstreuten Zeitungen, Fanzines und Traktate las, von denen ich sogar, in der Absicht, sie nach meiner Rückkehr bei uns in Umlauf zu bringen, einzelne Exemplare mit nach Frankreich nahm, wie zum Beispiel diesen im April veröffentlichten Fragebogen der Zeitschrift *Wow*, der sich an einen »heterosexuellen Kameraden als Brevier zur Erforschung seines Privatlebens« richtete und der, da war ich mir sicher, den Mädels zu Hause Spaß machen würde, nach dem unendlich deklinierbaren Modell: Entscheide, was du lieber magst: »Eine P.38 tragen oder keinen Geschlechtsverkehr zu zweit haben? Eine Eisenstange schwenken oder deine Heterosexualität zur Schau stellen? Dich in Olivgrün kleiden oder keinen glatten Körper haben? Einen Bart und Schnauzer tragen oder dir nicht aufs Gesicht spritzen lassen? Herrscher der Welt sein oder keinen Rock tragen? Endlos die Worte Schwanz, Arsch wiederholen oder ebendiese eines Kameraden nicht lecken? Glauben, dass du ganz allein die Revolution machst, oder nicht erschaudern, wenn man dich Schwuchtel nennt?« Natürlich gibt es zwischen den Begriffen jeder Alternative nichts anderes als die ironische und derbe Mechanik einer auf den Kopf gestellten Sprache. Es ist ohne Doppeldeutigkeit und gewiss nicht das *Kommunistische Manifest*, es geht einfach nur darum, den Finger auf den finsteren Ernst zu legen, der alles mit sich reißen wird, ohne dabei in reinen Zynismus zu verfallen, welcher schon bald in Europa und der ganzen Welt so großen Schaden anrichten sollte, auch ohne Blutvergießen. Und dieser Slogan auf den Wänden der Universität La Sapienza, von einer derartigen Klarheit für alle, die weder mit dem Staat noch mit den BR sein wollten: »Den Angriff ins Herz des Papsttums führen, jedem Chorknaben eine Waffe spendieren!« Zu unserem Glück haben wir viel gelacht, und das ist, neben seinem Olivenholzkörper, wahrscheinlich der Grund, warum Massimo in meinem Geist noch immer so präsent ist. Denn in Wahrheit, das weiß man ja, hat niemand das Herz des Papsttums attackiert, sondern das Papsttum selbst hat schließlich den Pfeil in Aldo Moros Herz geführt. Verraten wird man immer von den seinen.

Und je mehr Tage vergingen, desto mehr wuchs die Sorge Massimos und seiner Freunde, die intuitiv erkannten, dass ein tödlicher Ausgang sie voll vor die Wand fahren ließe, dass der Staat diesen Mord als Vorwand benutzen würde, um auf den Rücken eines jeden, den er sich vom Halse schaffen wollte, das Etikett »Rote Brigaden« zu kleben. Jeder Tag oder fast jeder brachte seinen Satz an neuen Gerüchten, nicht überprüfbaren Informationen und noch weniger überprüfbaren Gegeninformationen hervor, eine Art allumfassende Paranoia vernebelte die Atmosphäre, vermischt, wie gesagt, mit Nachlässigkeit, vielleicht war es aber auch mein fremder Blick auf die Stadt und ihre Bewohner, meine verzerrte Wahrnehmung der urbanen Stimmungen, die in mir diesen Eindruck hervorrief. Ich misstraue den Projektionen unserer eigenen Geisteshaltung auf die Realität, deren Härte ich in diesem Fall vielleicht ein wenig unterschätzt habe, wie ich sie drei Jahre später, am 13. Dezember 1981 beim Ausbruch der polnischen Krise, überschätzen sollte, *Solidarność*, Jaruzelski, das hausgemachte Kriegsrecht, das der Sowjetunion den Einmarsch erspart und uns die Gelegenheit gibt, die Kameraden aus dem Osten ein allerletztes Mal fallenzulassen. Wochenlang werde ich da mit einer intensiven Angst durch Paris ziehen, immer in Erwartung quasi an jeder Kreuzung Waffen, Uniformen, Panzer auftauchen zu sehen, die materielle Verwirklichung einer generalisierten, staatlichen, institutionellen Gewalt, wieder einmal europäischen Ursprungs, die dritte in einem Jahrhundert, zum krönenden Abschluss. Dies war seinerzeit offensichtlich ein Anfall von Panik, nichts, was durch die Analyse der Tatsachen begründet gewesen wäre, und selbst die gelassene, durch ihren Zynismus wie ihre Klarsichtigkeit erschreckende Aussage Claude Cheyssons, Außenminister der ersten sozialistischen Regierung, die sich Frankreich seit langem gönnte, hatte mich nicht beruhigen können: »Natürlich werden wir nichts unternehmen.« Wie bereits eingangs gesagt, an welchem Faden man auch zieht, immer hängt das ganze europäische Knäuel dran. Nun sind wir also wieder in Polen, wo wir doch gerade in Italien waren, aber es ist dasselbe Haus, und da es das meine ist, kenne ich es ein bisschen, ich weiß, dass, wenn erst einmal Feuchtigkeit in die Mauern eingedrungen ist, nicht lange gefackelt wird, diese abzureißen, um sie wieder neu, trockener, stabiler, aufzubauen, bis zum nächsten Mal. Man kann von uns sagen, was man will, aber wir gehen wahrlich nicht sparsam mit menschlichen Verlusten um, nur zur Erinnerung, *wir haben zwei Mal die Welt in Feuer und Blut versinken lassen*, es scheint mir also nicht angebracht, sich zu wundern, wenn so mancher Einwohner beim Einbruch der Kälte ab und zu ein bisschen überreagiert. Dass die Panikattacke mich genau in diesem Moment befiel, ist nebenbei bemerkt kein Zufall, denn sie beendete die Schlitterpartie, in der wir uns von 1978, es ist gelaufen, es ist verloren, bis 1981 befanden, nicht nur, dass hier Mitterrand gewählt wird, zudem taucht eine Krankheit auf, die anfänglich als Krankheit der 4 H bezeichnet wird, eines davon das unsere: Haitianer, Homosexuelle, Hämophile, Heroinabhängige. Willkommen in den Achtzigern. Sie haben uns krank gemacht, im übertragenen wie im wörtlichen Sinn ...

In dieser realen Chronologie, die ich zuschneide wie eine Fiktion, fiel das Ende meines Italienaufenthaltes mehr oder weniger mit Aldo Moros Tod zusammen, doch habe ich das Unabwendbare im Ablauf dieser Geiselnahme und ihres tragischen Abschlusses nicht in einer solchen Intensität wie Massimo und seine Freunde empfunden, wie ich es sicher hätte, wenn, rein hypothetisch, Action Directe, deren Stunde noch nicht ganz gekommen war, Mendès-France, dessen Stunde längst vorbei war, entführt und getötet hätte. Das, was dem Land, was den Menschen dieses Landes zustößt und sich über die Landessprache vermittelt, schreibt sich direkter und nachdrücklicher in den Körper ein als das, was über Analyse, Übersetzung, über das Gefühl von Fremdheit laufen muss; auch das schreibt sich in die Körper ein, aber anders, langsamer. Mit Ausnahme der Roten Brigaden wollten alle Moros Tod. Das klingt wie eine Ungeheuerlichkeit, ist aber unwiderlegbar. Und rehabilitiert die Roten Brigaden keineswegs, denn natürlich wäre, hätten sie ihn nicht entführt, niemand dazu gebracht worden, seinen Tod einer Freilassung vorzuziehen. Voilà die Bügel des Fangeisens, die Ursachen des Problems, die Wände des Trichters, wie man es auch nennen will. Das habe ich dort in Rom sofort kapiert, dank Massimo, dank all der Leute in der Stadt, die, trotz der konfusen Ablenkmanöver, diesem Anheizen der Paranoia durch die Medien, dieser systematischen Desinformation via mutmaßlicher Interventionen nahezu aller Geheimdienste dieser Erde, inklusive des nepalesischen, nicht aufhörten nachzudenken und scharfe kollektive Analysen erstellten, die allerdings kaum gehört wurden. Ich bin froh, dass ich die Möglichkeit hatte, sie zu hören, selbst wenn es die Dinge in gewisser Weise noch schlimmer machte, als hätte ich sie gefiltert durch die Presse in

Paris erfahren, wo man nichts, oder so gut wie nichts, von den italienischen Herausforderungen begriff.

Jeder wusste, dass es in der Hierarchie der Christdemokraten wohl keinen einzigen Mann von Bedeutung gab, der Aldo Moro nicht etwas schuldete, und die unmittelbar bevorstehende, aber verschobene Unterzeichnung des historischen Kompromisses mit der Kommunistischen Partei machte aus deren Führern ebenfalls ihm zu Dank Verpflichtete. Diese ganze feine Gesellschaft beharrte von Anfang an auf einer unnachgiebigen Haltung: Wir verhandeln nicht mit Terroristen, das bekannte Lied. Verhandeln, das bedeutet tatsächlich, dem anderen eine Legitimität zuzugestehen, im vorliegenden Fall, einen Dialog politischer Natur zwischen zwei Kräften einzuleiten, die sich bekämpfen und sich gegenseitig als Gegenpartei anerkennen. Moro als ausgezeichneter Stratege argumentiert in seinen Briefen an verschiedenste Verantwortliche seiner Partei und der Regierung, dass gegen eine solche Verhandlung um den Austausch von Gefangenen (die wichtigsten Gründer der Roten Brigaden waren inhaftiert) nichts spreche, dass es in der Geschichte zahllose Beispiele von Staaten gebe, die solche Manöver bis hin zu Lösegeldzahlungen durchgeführt hätten, ohne sich deshalb zu degradieren, und dass Italien, mal ehrlich, nicht um ein weiteres kleines Arrangement verlegen sein sollte;

dass hingegen die harte Linie der Verweigerung zwangsläufig zum Tode der Geisel führe; und er könne sich beim besten Willen nicht vorstellen, dass seine politischen Freunde einen solchen Ausgang, wenn zwar nicht heiter, so doch jedenfalls ernsthaft, in Betracht zögen. Man weiß inzwischen, dass Moro zur selben Zeit, im Verlauf der täglichen Gespräche mit seinen Entführern, geschickte Verzögerungstaktiken anwendet, schließlich aber doch Dinge von enormer Wichtigkeit über die Funktionsweise und die verschlungenen Pfade der Machtausübung durch die Democrazia Christiana preisgibt; natürlich tut er dies auf seine Art, in einer Sprache ebenso ausgefeilt wie seine endlosen und subtilen politischen Schlussfolgerungen, eine Sprache »genauso unverständlich wie Latein«, wie es Pasolini formulierte, eine Sprache, die die Roten Brigaden nicht verstehen, weil sie sie nicht sprechen. Das ist im engsten Sinn des Wortes genau das, was man einen Dialog der tauben Ohren nennt. Der Staat seinerseits verweigert jeden Dialog, wendet aber gleichfalls Verzögerungstaktiken an, versucht, Zeit zu gewinnen, versucht vor allem, Moro zu orten, der sich beinahe direkt vor seiner Nase befindet, sieben Komma sieben Kilometer vom Palazzo Quirinale entfernt, wo der Präsident der Republik, Giovanni Leone, residiert, sieben Komma zwei Kilometer vom Palazzo Chigi, Sitz des Ministerpräsidenten, Gulio Andreotti, sechs Komma fünf Kilometer von der

Piazza del Gesù, wo das christdemokratische Kleinvieh nistet, und kaum sieben Kilometer vom Petersdom, wo der regiert, den ich nicht benennen muss. Man hat sich unendlich über die kaltblütige Hinrichtung bei der eigentlichen Entführung in der Via Fani am 16. März verbreitet, die fünf Männer der Eskorte Aldo Moros das Leben kostete, und über die ebenso kaltblütige Organisation, die es dem Kommando der Roten Brigaden ermöglichte, ihren Gefangenen mitten in der Stadt festzuhalten, einen Teil seiner Briefe an diverse Adressaten und die Presse zu schicken, sogar seine Frau und andere Ansprechpartner anzurufen und sich weiterhin in der Stadt und im Land frei zu bewegen, eine unglaubliche Glanzleistung, die nur eine unendlich gut geschulte und von massiver logistischer Unterstützung profitierende Gruppe hätte leisten können, daher auch die zwingende Einbeziehung von Geheimdiensten, und seien es der kirgisische oder der aus Burkina Faso. Man hat sich weniger über das Riesensieb ausgelassen, mit dem das Innenministerium ganz Rom filterte, aber lassen wir das beiseite. Die Fakten liegen auf dem Tisch, und ein Mann wird sterben, von elf Kugeln getroffen zusammengerollt im Kofferraum eines R4, weil keiner seiner Verbündeten ihn weiterleben und die Details ihrer jeweiligen Niederträchtigkeiten offenlegen sehen möchte und weil seine Entführer unfähig sind, sich aus der Logik, die sie selbst in Gang gesetzt haben, wieder herauszuziehen und zu verstehen, dass sie mit der Leiche, die sie bald in der Via Caetani abstellen werden, denjenigen, die sie bekämpfen, ein Geschenk machen und dadurch unwiderruflich ihr eigenes politisches Todesurteil unterzeichnen, welche Wiederbelebungsversuche auch immer entlang dieser Sackgasse noch auflodern werden. Einige von ihnen haben inzwischen eine schonungslose Analyse dieses Scheiterns vorgelegt, was man von ihren ehemaligen Gegnern nicht behaupten kann …

All das wussten wir natürlich nicht in dieser Klarheit, ich noch weniger als die anderen, und es sollte deutlich geworden sein, dass ich das Ganze während des Schreibens, also *a posteriori*, aufstelle. Ich erfinde es nicht, aber ich erzähle es im Nachhinein, und ich markiere dieses Nachhinein. Die Stunde selbst aber hielt für diese Erzählung schon einige eingängige Bilder bereit, aus denen jeder erkennen konnte, dass sich etwas Reales, etwas Grausames abzeichnete. Unter diesen Bildern wähle ich eines aus, über das ich nur staunen konnte, denn es setzt niemand Geringeren als Seine Heiligkeit in Szene – ich kann der komischen Strahlkraft dieser Kasperfiguren in Robe nicht widerstehen, und von jeher, besonders seit ich Martin kenne, waren die Männer der Kirche, das Rascheln ihrer Alben, die Strohdrescherei ihrer Predigten für uns eine ideale Zielscheibe, um dem wütenden Spott freien Lauf zu lassen, den ihre beschränkte, kastrierende, verderbliche Macht im Innersten unserer schwulen Köpfe, Herzen, Körper auslöste, entschlossen, uns von diesem Pack zu befreien, das für so viele der Frauen und Männer, die unsere Vorläufer auf dieser Erde waren, tödlich wirkte. Denn wir kennen die Namen der Mörder. Moro schrieb während der fünfundfünfzig Tage, die er in der Via Montalcini verbrachte, zwei Briefe an Papst Paul VI., den er noch aus der Zeit seines Engagements bei der Federazione Universitaria Cattolica Italiana (FUCI) persönlich kannte, wo Giovanni Battista Montini, der zukünftige Paul VI., lange eine verantwortliche Position innehatte. Übrigens kamen aus dieser Talentschmiede zahlreiche Funktionäre der Democrazia Christiana, Altersgenossen Moros, die seit dem Ende des Kriegs Italien führten, als wäre es ihr Eigentum. Der zweite dieser Briefe, eingegangen am 20. April, klingt äußerst dringlich. Die Zeit verstreicht, es zeichnet sich keine Lösung ab, und Moro wendet sich sowohl als gläubiger Katholik, der an die höchste Autorität seiner Religion appelliert, wie auch als Politiker, der die institutionelle Bedeutung des Vatikans in Italien kennt, an den Papst, vielleicht in der Hoffnung, bei ihm das zu finden, was den Christdemokraten fehlte, christliche Gefühle. *Allein Ihre Heiligkeit kann den Anforderungen des Staates, verständlich vom Standpunkt der ihnen innewohnenden Logik, die Gründe der Moral und das Recht auf*

Leben entgegensetzen. Ach, da hatte er die tiefe wechselseitige Verankerung der beiden Staaten, Vatikan und Italien, unterschätzt, einer im anderen, untrennbar wie der Petersdom und die Stadt Rom. Keine Trennung von Kirche und Staat, sondern im Gegenteil eine Durchlässigkeit beider Körper, und von Seiten der Päpste eine unablässige auf die italienische Innenpolitik gerichtete Aufmerksamkeit, eine unausgesetzte Rekrutierung von Politikern in den katholischen Kaderschmieden, FUCI, Katholische Aktion und andere mehr, wie zum Beispiel Comunione e Liberazione. Die parallel verlaufenden Karrieren Moros und Montinis, der eine stets in Sichtweite des anderen, illustrieren das perfekt. Ohne Massimo hätte ich nicht erkannt, welche tödliche Ladung die Antwort des Papstes enthielt, und bereits tags darauf merkte ich, es war allen klar, dass Seine Heiligkeit die Tür hinter sich geschlossen hatte, ganz sachte, ohne sie zuzuschlagen, aber ohne auch nur einen winzigen Spalt für die päpstlichen Pantöffelchen offen zu lassen.

Natürlich war das Schreiben hyperkonventionell, man darf keine großen Gefühle erwarten, der Stil aufgeblasen und zaghaft zugleich, trotz des Versuchs, zu Beginn und am Schluss des Briefes ein kleines bisschen lebendiges Feingefühl zu zeigen, Ich schreibe Ihnen, Männer der Roten Brigaden, *uomini delle Brigate rosse*, in der Anrede;

und am Schluss *Uomini delle Brigate rosse, lasciate a me la speranza* … Die Hoffnung auf was, lieber Giovanni Battista Montini, genannt Paul VI., zweihundertzweiundsechzigster Nachfolger des heiligen Petrus, wo du doch zwischen diese verbindlichen Anreden jene beiden Wörter gestreut hast, von denen du nie und nimmer nicht wissen konntest, dass sie genau das waren, was die *uomini delle Brigate rosse* nicht akzeptieren konnten: *vi prego in ginocchio, liberate l'onorevole Aldo Moro, semplicemente, senza condizioni*, ohne Bedingungen? O ja, sicher, du konntest niederknien, sie anflehen, dich demütig unter den Demütigen zeigen, versichern, dass du sie liebtest, wenn sie auch Entführer waren, *sempre amandovi*, den Gott vorbringen, der die grundlos und schuldlos zu Tode Gekommenen rächt, *Iddio vindice dei morti senza causa e senza colpa*, die Sache war gelaufen. Bitter, und in seiner Lage berufen, nicht auf ihn hereinzufallen, schrieb Moro im letzten Brief, den seine Frau erhielt, diese klarsichtigen Worte, *Il Papa ha fatto pochino: forse ne avrà scrupolo* (der Papst hat auch nur wenig getan, vielleicht hat er Skrupel). Mir als Franzose erschien all das total verrückt: nicht so sehr, dass sich ein praktizierender katholischer Politiker in verzweifelter Lage mit einem Appell an den Papst wendet, vielmehr der unglaubliche Ernst, mit dem dieses Gesuch und diese Antwort analysiert, kommentiert und als Elemente berücksichtigt wurden, die den Verlauf der Dinge zu beeinflussen vermochten ... Selbst Massimo und seine Freunde schienen eine Zeitlang ihren bissigen Geist ausgesetzt zu haben, für den Fall, dass es doch klappte. Eine der Hypothesen, die zur Erklärung dieses spektakulären Fallenlassens des Präsidenten der ersten politischen Partei an der Spitze Italiens durch den notabene ersten Repräsentanten Gottes auf Erden herangezogen wird, ist ebenjene Durchlässigkeit, von der ich gerade sprach: Das Oberhaupt der Regierung Giulio Andreotti, ein Straftäter ersten Ranges, dem es gelungen war, durch die Maschen nahezu jeden Netzes zu schlüpfen – Politik Justiz Mafia Loge P2 Gladio-Affäre, genug, das soll reichen –, 2013 mit vierundneunzig Jahren umgeben von der Fürsorge seiner Liebsten an Altersschwäche in seinem Bett gestorben, und nicht wie ein Hund an elf Revolverkugeln in einem Kofferraum, soll entgegenkommenderweise dem Vatikan geraten haben, jene beiden Worte anzufügen, doppelt gemoppelt hält besser – das ist die Hypothese, die Marco Bellochio in seinem Film *Buongiorno, notte*, dem einzigen angemessenen Eingang, den diese Tragödie in die Kinogeschichte fand, in einer kurzen eindrucksvollen Sequenz wunderbar darstellt. Moro, angewidert, wird der Christdemokratischen Partei verbieten, sein Begräbnis zu organisieren, und im engsten Familienkreis bestattet werden; die Politiker ihrerseits werden einige Tage später in der Lateranbasilika ein großes Getöse veranstalten mit Seiner Heiligkeit Paul VI. in seiner Sänfte, bitter vergossenen Tränen und päpstlicher Grabrede, ohne ein Fünkchen Schamgefühl, aber diese Affäre hatte ihm auf jeden Fall den Rest gegeben, und er wird einige Wochen später auch über den Jordan gehen, um den Platz Albino Luciani zu überlassen, der den Anforderungen, letztlich, nicht entspricht und dreiunddreißig Tage später ebenfalls seine Seele aushaucht, was wiederum der *Libération*, der von Aktivisten der proletarischen Linken mit Unterstützung Sartres sechs Jahre zuvor gegründeten französischen Zeitung, erlaubte zu titeln: »Der Papst ist noch immer tot«, damals wusste man zu scherzen. Danach hat sich natürlich der Ton verändert, Polen, noch einmal Polen, wird auf der Bildfläche auftauchen, all das war nur noch eine Frage der Zeit, bald würden wir aus dieser Schleuse von zehn Jahren herauskommen, in denen die europäischen demokratischen Länder in Frieden sorgfältig die erste Tür vor der Nase ihrer internen Kritiker geschlossen hatten, um dann, als sie sicher waren, nichts mehr durch diese Flügel zu hören, behutsam die zweite Tür zu öffnen, die sie am anderen Ende des Korridors seit Kriegsende mit ihren Füßen verschlossen hielten, auf dass von neuem alles zirkulieren könne, nicht mehr innerhalb von Ideologien, Nationen, Werten, sondern im diskreten, parfümierten, verführerischen Fluss der freien Wirtschaft. Alles ist sehr schnell gegangen, wie wir wissen, der Walzer hat plötzlich so an Tempo zugelegt, dass die Zentrifugalkraft die Tänzer, ehe sie sich versahen, einen nach dem anderen von der Tanzfläche schleuderte, in der Reihenfolge ihres Verschwindens Kádár, Jaruzelski, Honecker, Schiwkow, Husák, Ceaușescu, Gorbatschow, Mesić, Alia, binnen zwei Jahren war es gelaufen. Manche von ihnen gingen weniger freiwillig ab als andere, einer starb auf sehr hässliche Weise, und der Russe, der das ganze Chaos ausgelöst hatte, wurde öffentlich angeprangert, und Jugoslawien schließlich beschränkte sich nicht nur darauf, die Kommunisten abzuservieren, sondern servierte sich selbst, ohne dass auch nur eine offizielle Macht etwas dagegen einzuwenden hatte, gleich noch mit ab, in einem dieser Blutbäder, auf die wir Europäer uns so gut verstehen, und wir schließen mit den Massengräbern von Srebrenica den Kreis, der achtzig Jahre zuvor und etwa hundert Kilometer westlicher mit dem Attentat auf Erzherzog Franz-Ferdinand begonnen wurde.

Kurz, Moro ist tot, die ganze Welt spricht davon, doch man sieht den Wald vor lauter Bäumen nicht mehr, im Unterholz treiben sich die Bombenleger herum, die, die den Ball 1969 in Mailand eröffnet und ihn danach immer wieder angekurbelt haben und die nie wirklich schlafen, Piazza della Loggia in Brescia am 28. Mai 1974, acht Tote und dreihundert Verletzte, der Italicus Express am 4. August 1974, zwölf Tote und achtundvierzig Verletzte, der Bahnhof von Bologna am 2. August 1980, fünfundachtzig Tote und zweihundert Verletzte … Die Strategen der Spannung bilden Schläferzellen, ein Kläffen genügt, schon erwachen sie aus ihren Träumen, sehen, dass die streunenden Hunde sich vermehrt haben, weil sie in den Brachen, in den Hütten oder Zwingern, die man ihnen hergerichtet hat, herumficken, und dass man sie endlich mit dem Fuß zurückdrängen muss, man muss ihnen die Rippen brechen, ihnen den Kopf im feuchten Sand zertreten und dann warten, bis die Meeresluft ihren Geruch, die Abdrücke ihrer Pfoten, das Echo ihrer Wehklagen fortträgt.

Irgendetwas fehlt immer, ein Teil der Erklärung, ein Mehr an Liebe, an Sex, Begehren, Nacktheit, Vernunft, ein Ort, wo die Seele, die lange langsam auf diesen Brachen der Lust, der Aktion und des Denkens herumirrte, ruhen kann, wo auch der Körper ruhen kann, der sie getragen hat und in der Mulde eines Busches entdeckte, was die Welt zusammenhält und welcher Gesten es bedarf, um auf ihrer Achse zu bleiben. Ein Ort der Zeit und der Bewusstheit, wo die Wut ruhen kann, ein Ort entblößter Schultern und grüner Zweige auf der Stirn.

Ich habe eine letzte Nacht mit Massimo verbracht, der Horizont dieser Nacht war die Liebe, war, seinen olivenen Körper so lange wie möglich in mir zu behalten, aber weder er noch ich wiegten uns in Illusionen: Nach dem Massaker in Stammheim und dem Blutbad in Italien war der Horizont Europas der Tod. Wir mussten Schluss machen mit der Politik. Erschöpft und entrückt pflichteten wir einander bei, dass, was immer man auch sagen mag, wie viel Zeit auch immer wir damit zugebracht hatten, ich werfe uns nichts vor, wir Schluss machen mit der Politik, um ihn aufzuschieben, den Tod.

Ich danke den Freunden
in Deutschland,
in Italien
und hier bei uns.

INHALT

GLOSSAR

Die **Action Directe**, »Direkte Aktion«, war eine linksradikale Terrororganisation in Frankreich, die sich 1979 gründete und 1987 zerschlagen wurde.

Die **Autonomia**, »Autonomie«, war eine politische und soziale Massenbewegung im Italien der 1970er Jahre, die sich aus militanten Arbeitern und gegenkulturellen Studenten und Jugendlichen zusammensetzte und ein Netz sozialer Kollektive knüpfte, dessen Sprachrohr freie Radiostationen wie Radio *Onda Rossa* in Rom und Radio *Alice* in Bologna sowie militante Zeitschriften wie *Rosso* (»ROT«) in Mailand, *Senza Tregua* (»Ohne Respekt«) in Rom oder *Primo Maggio* (»Erster Mai«) in Turin waren.

Die **Brigate Rosse**, »Rote Brigaden«, waren eine kommunistische Untergrundorganisation in Italien, die sich 1970 in Mailand gründete. Die BR sahen sich in der Tradition der »Resistenza« (Widerstand gegen die italienischen Faschisten), betrachteten sich als Stadtguerilla und beschlossen schließlich den bewaffneten Kampf. Zwischen 1970 und 1988 verübte die Gruppe zahlreiche Mordanschläge, Entführungen und Banküberfälle.

CGIL, die Confederazione Generale Italiana del Lavoro, »Allgemeiner Gewerkschaftsbund«, ist ein großer Gewerkschaftsbund in Italien; er wurde 1944 durch die Einigung von Sozialisten, Kommunisten und Christdemokraten gegründet.

CGT, die Confédération générale du travail, »Allgemeiner Gewerkschaftsbund«, ist ein mächtiger französischer

Gewerkschaftsbund; er wurde 1895 gegründet und stand traditionell immer der Kommunistischen Partei nahe.

CNPF, der Conseil national du patronat français, »Nationalrat der französischen Arbeitgeber«, war bis 1996 der französische Arbeitgeberverband, nunmehr MEDEF.

Die **Comunione e Liberazione**, »Gemeinschaft und Befreiung«, ist eine ultrakonservative, in Italien sehr einflussreiche Laienbewegung innerhalb der römisch-katholischen Kirche.

CRS, die Compagnies Républicaines de Sécurité, »Sicherheitskompanien der Republik«, sind ein kasernierter Verband der Police nationale Frankreichs, deren Einsatzgebiete mit denen der Bereitschaftspolizei in Deutschland vergleichbar sind. Sie stellen eine allgemeine Reserve der Police nationale dar und werden vor allem bei Demonstrationen und Großveranstaltungen eingesetzt.

Fhar, der Front homosexuel d'action révolutionnaire, »Homosexuelle Front für Revolutionäre Aktion«, gründete sich 1971 aus der Annäherung feministischer Lesben und schwuler Aktivisten und verstand sich als autonome, politisch radikale Bewegung, mit – bis zu ihrer Zersplitterung und Auflösung 1974 – äußerst spektakulären Aktionen.

FUCI, Federazione Universitaria Cattolica Italiana, Verband katholischer Studenten und Akademiker.

Fuori!, Fronte Unitario Omosessuale Rivoluzionario Italiano!, F.U.O.R.I.!, was auf Italienisch »Raus« bedeutet, ist die erste 1972 gegründete italienische Schwulenorganisation, die für die Rechte von Homosexuellen kämpft. Dies war revolutionär in einem so stark katholisch geprägten Land wie Italien.

Die **Gazolines** (nach dem Song »Gasoline Alley« von Rod Stewart) waren eine 1972 aus dem Fhar hervorgegangene Splittergruppe, in der sich Trans-Frauen und Transvestiten organisierten.

GIGN, die Groupe d'intervention de la gendarmerie nationale, »Eingreiftruppe der Nationalgendarmerie«, ist eine Spezialeinheit der französischen Gendarmerie mit dem Einsatzschwerpunkt der Terrorismusbekämpfung. Sie ist vergleichbar mit der deutschen GSG-9.

Die **Gouines rouges**, »Rote Lesben«, waren eine Bewegung von radikalen Lesben (1971–1974), die sich wegen der »Misogynie« des Fhar von diesem lösten und dem **MLF**, Mouvement de libération des femmes, der »Bewegung zur Befreiung der Frauen« anschlossen.

Die **Lotta Continua**, »der Kampf geht weiter«, war eine außerparlamentarische Gruppe der italienischen Linken. Ihren Ursprungsort hatte die Bewegung in Turin, wo Studenten und Arbeiter der Fiat-Fabriken im Anschluss an die Studentenbewegung einen zunehmend radikalen Politikbegriff entwickelten.

Noyaux armés pour l'autonomie populaire, die »Armeefraktion für die Volksautonomie«, war eine maoistische bewaffnete französische Gruppierung.

MSI, der Movimento Sociale Italiano, »Italienische Sozialbewegung«, war eine italienische, neofaschistische Partei, die am 26. Dezember 1946 von Kämpfern der Italienischen Sozialrepublik und einzelnen Führern des Partito Fascista Repubblicano gegründet wurde. 1995 ging der MSI in der gemäßigter auftretenden Alleanza Nazionale auf.

PC, der Parti Communiste, bezeichnet sowohl die Kommunistische Partei in Frankreich (PCF) als auch die in Italien (PCI).

Die **Sonacotra**, Société nationale de construction de logements pour les travailleurs, »Nationale Gesellschaft zum Bau von Wohnungen für Arbeiter«, wurde 1956 als halb staatliche, halb privatwirtschaftliche Wohnungsbaugesellschaft, damals vor allem für nordafrikanische Arbeiter, gegründet.

UDR steht für Abkürzungen der französischen Partei der Gaullisten; diese traten bei den Wahlen 1967 als Union des Démocrates pour la Ve République, »Union der Demokraten für die Fünfte Republik« an. Als Konsequenz des Pariser Mai 1968 wurde von Präsident de Gaulle die Auflösung der Nationalversammlung verfügt. Zu den Neuwahlen des Parlaments am 23. und 30. Juni 1968 bildeten die Kandidaten der Gaullistenpartei gemeinsam mit jenen der Unabhängigen Republikaner eine Listenverbindung unter dem Namen Union pour la défense de la République, UDR, »Union zur Verteidigung der Republik«.

Die Arbeit der Übersetzerin an diesem Buch wurde vom Deutschen Übersetzerfonds gefördert.

Dieses Buch erscheint im Rahmen des Förderprogramms des Französischen Außenministeriums, vertreten durch die Kulturabteilung der Französischen Botschaft Berlin.

Die Publikation dieses Buches wurde unterstützt mit Mitteln des Centre national du livre.

Erste Auflage Berlin 2017

Satz: Tom Mrazauskas, Berlin
Umschlaggestaltung: Dirk Lebahn, Berlin
Druck und Bindung: Friedrich Pustet, Regensburg

ISBN 978-3-95757-265-3

www.matthes-seitz-berlin.de

Emmanuel Carrère
Das Reich Gottes
Aus dem Französischen von Claudia Hamm
524 Seiten, gebunden mit Schutzumschlag und Lesebändchen

Zwei Lebenskrisen stellen Emmanuel Carrère vor die Frage, wie Menschen an Dinge glauben können, die dem Verstand entgegenstehen. Er begibt sich auf die Fährte des Revolutionärs Paulus und des Intellektuellen Lukas, zwei prägenden Gestalten des Christentums. Carrère zeichnet das Bild einer Welt, die vom Pragmatismus des Römischen Reiches beherrscht ist und doch durchdrungen vom Wunsch nach tieferem Sinn und Gemeinschaft. Immer wieder zieht er Parallelen zum 21. Jahrhundert, gleicht damalige (Un-)Glaubenspraxis mit heutiger ab und füllt sein historisches Gerüst mit einem Nachdenken darüber, worin uns das Christentum mit seiner ungeheuren Umwertung der Werte (die Letzten werden die Ersten sein, Geben ist seliger denn Nehmen) noch heute berühren kann, ob wir gläubig sind, oder nicht.

»›Das Reich Gottes‹ von Emmanuel Carrère ist kein Werk, das sich ›mit Religion beschäftigt‹ oder ›von den Anfängen des Christentums handelt‹. Es ist ein Buch, das den Leser in ein Gespräch verwickelt, in ein kompliziertes, tiefsinniges, tage-, wochen-, vielleicht lebenslanges Gespräch.«
Richard Kämmerlings, *Literarische Welt*

Emmanuel Carrère
Alles ist wahr
Aus dem Französischen von Claudia Hamm
247 Seiten, gebunden mit Schutzumschlag

Alles ist wahr: 2004 wurde Emmanuel Carrère Zeuge der Tsunami-Katastrophe. In den Trümmern des Desasters lernte er ein junges Paar kennen, dessen Tochter von der Welle fortgerissen wurde. Carrère kümmert sich um die verwaisten Eltern – und beginnt ihre Geschichte zu schreiben. Zurück in Paris, umlagert das Unglück weiter Carrères Leben: Seine Schwägerin stirbt und lässt drei Kinder zurück. In der Trauer blitzen Erinnerungen auf, fließen Erzählungen von Freunden und Verwandten zusammen, die Hoffnung und Stärkung verheißen.

Carrère gibt den großen und kleinen Katastrophen ein Gesicht und zeichnet das Schicksal anonymer Helden nach, dabei ist sein Schreiben immer präzise und ergreifend, ohne rührselig zu werden. Voller Menschlichkeit führt er verschiedene Ereignisse zusammen und gibt ihnen Bedeutung und Tiefe.

»Die literarischen Reportagen von Carrère scheinen dort ihren Anfang zu nehmen, wo andere enden oder sich nicht hingetrauen; an den Abgründen ihrer Protagonisten und sie stürzen sich mit ihnen zuweilen tief hinab ins Dunkel ihrer Seele … ein zutiefst menschliches Buch!«
Ulrich Rüdenauer, *taz*

Emmanuel Carrère
Limonow
Aus dem Französischen von Claudia Hamm
414 Seiten, gebunden mit Schutzumschlag

Eduard Limonow, spätestens seit der Gründung der Nationalbolschewistischen Partei eine der umstrittensten und widersprüchlichsten Figuren Russlands, lebt sein abenteuerliches Leben mit einer schwindelerregenden Intensität. Er verbrachte seine Jugend als Kleinkrimineller und dann als gefeierter Underground-Dichter in Charkow und Moskau, lebte als hungerleidender und partyfeiernder bisexueller Dandy-Autor in New York und Paris, kämpfte als Freiwilliger in den Balkankriegen auf Seiten der Serben, schloss sich mit seiner Partei Kasparow und der Bewegung Neues Russland an und saß im Gefängnis. Eine Kandidatur bei den Präsidentschaftswahlen 2012 wurde ihm verweigert, inzwischen agiert er als einer der führenden Köpfe der demokratischen Opposition. Seine politische Haltung oszilliert zwischen extrem rechts und extrem links – immer in Opposition zum Establishment und immer auch als ästhetische Geste einer Gegenkultur.

Carrère erzählt in dieser alle Genres sprengenden Romanbiografie, die den Leser von der ersten Seite an in gefesselte Aufmerksamkeit versetzt, die schillernde Geschichte Eduard Limonows, rekonstruiert ein Leben, das ihn fasziniert aber auch abstößt – und skizziert wie nebenbei seine eigene Annäherung an das heutige Russland.

»›Limonow‹ ist ein atemberaubendes Buch, so fesselnd und dicht, so geradlinig und widersprüchlich, wie Prosa nur sein kann.«
Uwe Stolzmann, *Neues Deutschland*

Matthes & Seitz Berlin